KB075265

매드독스

12

까마귀 현대판타지 장편소설

어울림

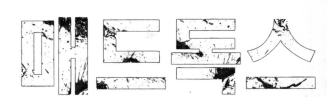

매드독스 12권

초판1쇄 펴냄 | 2017년 10월 13일

지은이 | 까마귀
발행인 | 성열관

펴낸곳 | 어울림 출판사
출판등록 / 2009년 1월 23일 제313-2009-12호
주소 / 경기도 고양시 일산동구 장항동 731 동하넥서스빌딩 307호
TEL / 031-919-0122
FAX / 031-919-0127
E-mail / 5ullim@hanmail.net

Copyright ⓒ2017 까마귀
값 8,000원

ISBN 978-89-992-4352-3 (04810)
ISBN 978-89-992-3821-5 (SET)

목차

필독

    본 소설에 등장인물과 사건 및 특정용어에 대해선 현실과 전혀 무관합니다. 오로지 작가의 머릿속에서 나온 상상력이니 오해가 없으시길 부탁드립니다.

늙은 사자의 매서운 발톱

   IIS정보분석팀장 한재영은 모이라이 본사를 방문해 차준혁과 마주 앉아 있었다.

   "현재까지 확인해본 결과 GHE상회는 인천세관창고 컨테이너 보관과 관련된 중추인물들에게 거액의 돈을 주기적으로 건네주고 있었습니다."

   현재 컨테이너 절도범인 고창수와 김정목의 살인사건으로 인천세관에서는 경찰들의 검사가 진행되는 중이었다. 아직까지 딱히 나온 것은 없었기에 관련된 사람들은 조마조마할 것이 분명했다.

   "몇 명이서 얼마나 받은 것이죠?"

“금액은 파악되지 않습니다. 대신 관계된 과장 이상급의 인원들을 조사해보니 특정기간 동안 씀씀이가 커졌더군요. 그들의 연봉과 비교한다면 상당한 자금을 쓰고 다녔습니다.”

인천본부세관 직원들도 결국은 공무원이었다.

어떤 직업보다 든든했지만 그만큼 연봉은 많기가 힘들었다.

당연히 뭔가 벌이가 있었으니 한재영이 말한 것처럼 쓰고 다닌 것이 확실했다.

“그런데 비리라면 저번에 부산본부 세관과 함께 관세청에서 전체적으로 감사하지 않았던가요?”

차준혁의 말처럼 예전에 총괄감찰이 시행되었다. 그때도 상당한 사람들의 뇌물을 받았다는 혐의로 검거되거나 강제퇴직 등 엄중한 징계를 받았다.

하지만 그동안 한재영이 조사한 인물들 안에 거기서 걸린 이들이 없었다.

“감찰팀에도 뇌물을 받은 이가 있었습니다. 차 대표님이 생각하신대로 인천본부세관 창고에 천익의 검은 돈이 있다면 그걸 대비해 약을 쳐둔 것이겠죠.”

애초에 부산항을 포함한 총괄감찰은 해외로 사람들을 빼돌리려던 것을 막기 위해서였다.

그 일로 잡다한 부패직원들만 본보기로 걸린 것이나 마

 12

찬가지였다.

"하긴… 녀석들이 최소 수백억을 보관해둔 세관창고를 지키기 위해 아무것도 안 해놨을 리가 없겠죠."

"솔직히 이런 상황이면 천근초위에서 관세청으로 압력 행사를 할 듯한데. 너무 조용해서 걱정입니다."

한재영은 IIS의 정보분석팀장으로써 천익과 천근초위의 움직임을 파악하는 데 전력을 다했다.

그리고 이번에는 관세청으로 그들이 압력을 넣으면 흔적을 추적하려고 했다.

"녀석들도 바보가 아닌 이상에야 함부로 흔적을 남기지는 않을 겁니다. 차라리 다른 방식으로 일을 처리하려 하겠죠."

천익에서는 이번 일이 요원들의 실수로 살인사건이 벌어지면서 시작된 것이라 생각할 것이다.

그렇다면 빠른 해결방법은 살인사건이 종결되는 방법밖에 없었다.

"어떻게 말입니까?"

"곧 있으면 새로운 용의자가 나타날 겁니다. 그가 모든 것을 마무리 지으려 하겠죠."

"아……!"

차준혁의 설명을 이해한 한재영은 깜짝 놀라면서 말을 이어 나갔다.

"새 용의자로 사건을 종결시키려 하겠군요. 그럼 진짜 두 피해자를 죽인 사람을 내세우는 걸까요?"

"아니요. 녀석들이 미치지 않은 이상 진짜 살인 용의자를 내놓을 리가 없습니다. 사건상황에 적합하면서 피해자들과 관계가 있는 사람을 내세울 겁니다."

그렇게 대답한 차준혁은 테이블 옆으로 놓여 있던 서류를 한재영에게 내밀었다.

"이제 뭡니까?"

"천익에서 용의자로 노릴 만한 사람의 리스트입니다. 그중에 같은 시기에 수감되었던 김원규라는 사람이 가장 유력할 겁니다."

한재영은 받아든 서류로 5명의 인적사항과 사진을 확인해봤다.

그중에 김원규의 사항을 확인하자 차준혁이 한 말을 이해할 수 있었다.

"비슷한 절도범죄에다가 최근까지 고창수와 연락했던 흔적이 있군요."

"천익에게 제일 좋은 시나리오는 그를 자살로 위장해서 죽인 뒤에 모든 죄를 덮어씌우는 것일 겁니다. 물론 살인사건은 컨테이너 창고에서 물건을 독차지하기 위해 싸우다 벌어진 것으로 만들려 하겠죠."

그 순간 차준혁은 씁쓸한 표정을 지어 보였다.

사실 IIS요원이었을 때에 그와 비슷한 일을 했던 적이 있기 때문이다.

당시는 그것이 정의라고 여겼다.

대기업들을 정부의 지배하에 두기 위해서 약점을 잡고, 불가피한 상황이 발생할 때는 사건조작까지 서슴없이 행했다.

모든 것을 지배하는 것이 평화로 가는 지름길이라 생각하고 있었다.

물론 지금도 필요악은 있어야 한다고 판단하지만 그 정도까지는 하고 싶지 않았다.

"혹시 저번에 모이라이에서 감시인원을 신청했다고 들었는데……."

며칠 전에 한재영은 인원보충에 대한 보고받았다.

그때는 GHE상회의 감시를 위해서라고 여겼다.

"맞습니다. 살해당할지 모르는 사람들을 지키기 위해서입니다. 문제가 생기면 연락이 들어올 겁니다."

"정말 철두철미하시군요. 그런데 정말 천익에서 이 사람들 중에 하나를 노릴까요?"

아무리 그래도 살인과 사건조작이었다. 지금까지 꽁꽁 숨어 있던 천근초위가 모습을 드러내 그런 움직임을 보일 거라고는 예상되지 않았다.

"천근초위는 모르겠지만 천익에게는 그만큼 중요한 일

이니까요. 관세청에 외압을 넣어 흔적을 남기는 것보다 깔끔하다고 생각할 것입니다."

죽은 자는 말이 없다. 대신 그 죽음이 어떻게 된 것인지 손쉽게 꾸밀 수는 있었다.

"차라리 경찰이 그들을 보호하게 만들면 안 되는 겁니까?"

IIS이자 겨레회의 입장에서는 천익과 천근초위가 바깥으로 모습을 드러내도록 만드는 것이 중요했다. 그래야 국민들이 숨겨진 그들의 이면을 알게 되면서 겨레회가 암암리에 매장시킬 수도 있었다.

"당장은 불가능한 일입니다. 그리고 경찰에서 발견한 증거로는 피해자 2명이 전부이니까요."

"흠… 알겠습니다."

"IIS에서는 관세청만 다시 털어주세요. 만약 녀석들이 궁지에 몰리면 외압을 넣게 될 테니 말입니다."

"그러도록 하죠."

대화를 마치자 한재영은 IIS서울지부로 돌아가기 위해 차준혁의 사무실을 나섰다. 그리고 교대하듯이 신지연이 얼굴을 내밀며 들어왔다.

"이야기는 잘 끝내셨어요?"

"그랬죠. 지연 씨는 바쁜 일이 생겼다더니 어떻게… 잘 해결됐어요?"

신지연은 대각선 자리에 앉으며 미묘하게 어두워진 차준혁의 표정을 보았다. 그래서 물음에 대답하지 않고 되물었다.

　"무슨 일 있었어요?"

　아까 전에 자신의 과거 악행을 떠올린 차준혁은 자신도 모르게 어두운 분위기가 나온 것이다.

　보통 사람이라면 그걸 눈치채지 못했겠지만 신지연은 언제나 차준혁을 생각하며 곁에 있었기에 알아챌 수 있었다.

　"아무 일도 없었어요."

　슬쩍 시선을 피한 차준혁의 행동에 신지연은 얼굴을 붙잡아 똑바로 세웠다.

　"제 눈을 보고 제대로 말해 봐요."

　"그게… 당시의 시작은 가족들을 모두 잃으면서 시작됐어요. 그러니까…….".

　더 이상 거짓말을 하고 싶지 않았던 차준혁은 어쩔 수 없이 자신이 떠올린 과거의 악행을 설명해줬다.

　아까 전에 생각해냈던 사건조작부터 시작하여 IIS에 가담하면서 저질렀던 모든 일들을 말이다.

　평생 비밀로 해야 할지도 몰랐지만 그녀에게 숨기고 싶지는 않았다. 그런 설명에 신지연의 눈빛은 더욱 서글퍼졌다.

　"많이… 힘들었죠?"

"…예?"

화를 낼 줄 알았던 그녀의 반응은 오묘했다. 그래서 차준혁은 살짝 놀란 표정으로 그녀를 쳐다봤다.

"준혁 씨는 그렇게 해야 세상이 바뀐다고 생각한 거잖아요. 하지만 그때의 일들을 바꾸고 있으니 더 이상 아파하지 말아요."

신지연은 IIS요원이었던 차준혁이 마지막에 버려졌단 이야기도 알고 있었다.

그때는 정의이자 평화의 길이라고 생각하며 모든 것을 바쳤던 국가에게 버림을 받은 것이다. 그녀는 차준혁이 누구보다 힘들었던 것이라 여겼다.

"이해해줘서 고마워요."

"준혁 씨가 과거로 돌아와서도 그때와 같았다면 우리는 만날 수 없었을 거잖아요."

과거로 회귀한 차준혁에게는 한 가지의 선택뿐이었다. 만약 그 과정에서 신지연이 없었다면 선택은커녕 과거로 돌아오지도 못했을 것이 확실했다.

잠시 침묵이 이어지다가 신지연은 차준혁의 볼에다가 입을 맞추었다.

쪽—!

"사무실이잖아요."

"뭐 어때요. 우리 둘밖에 없는걸요. 그런데 옛날에 저는

18

어땠어요? 예전에 설명해주다가 그만뒀잖아요."

귀까지 쫑긋 세운 신지연이 이야기를 기다렸다.

그러자 차준혁은 옛날의 그녀를 떠올리다가 웃음이 흘러나왔다.

"하하하……."

"왜 그래요?"

"그러고 보니 지연 씨도 준희랑 동형이처럼 반란군에게 인질로 붙잡힌 적이 있었어요."

"정말요?"

처음 듣는 이야기에 신지연은 호기심 가득한 표정을 지었다.

이에 차준혁은 더 이상 설명을 해주지 못하고 계속 키득키득 웃어댔다.

"왜 웃는 거예요? 혹시 그때의 제가 준혁 씨한테 실수라도 했어요?"

차준혁은 당시의 일을 떠올렸다.

당시에 그녀는 반란군에게 잡혔다가 목숨을 위협당했고 차준혁에 의해서 구해졌다.

문제는 그 이후에 발생했다.

긴장이 풀렸던 신지연이 차준혁에 안긴 채 펑펑 울면서 실례를 해버렸다.

하지만 차준혁은 차마 거기까지 이야기하지 못하고 계속

웃어대고만 있었다.

"대체 무슨 일이 있었는데요!"

하지만 설명을 듣지 못한 신지연은 답답함에 소리를 질렀다.

야심한 시각이었다.

나이가 지긋한 노년의 사내가 천익의 건물로 들어섰다.

그러자 어디서 나왔을지 모를 젊은 요원들이 몰려와 현관 양쪽으로 대열해 섰다.

"오셨습니까!"

"이 야심한 밤중에 무슨 소란인가."

저벅. 저벅.

그의 물음과 함께 앞으로 천익의 이사인 홍주원이 걸어 나왔다.

"저도 말렸지만 어쩔 수가 없었습니다."

"그래도 기강은 여전한 것 같아 보기 좋군요. 홍주원 이사님."

홍주원과 마주 선 노년의 사내는 바로 김정구의 집사로 있던 나도명이었다.

그런 나도명의 날카로운 눈매가 주변을 훑자 눈이 마주

친 요원들은 한 명씩 움찔거리고 있었다.

"어르신도 계시지 않으니 편하게 말씀하시죠."

"아랫사람 된 도리로써 어찌 그러겠습니까. 거기다 일선에서 물러난 지 오래된 노친네에 불과하니 신경 쓰지 않아도 됩니다."

그런 대답에 홍주원은 더욱 난처해졌다.

결국 요원들을 모두 물리고 그와 같이 엘리베이터로 올라탔다.

"일 처리는 어찌 되고 있습니까?"

나도명의 물음에 홍주원은 살짝 고개 숙여 대답했다.

"적당한 사람을 찾아냈습니다. 오늘 밤에 처리하여 용의자로 만들 생각입니다."

"잘 해결될 듯싶은가요?"

기대 어린 목소리가 이어지자 홍주원의 표정은 더욱 난처해졌다.

"문제없이 처리될 겁니다."

"요즘 들어 무슨 일만 벌어지면 어르신께서 노심초사하십니다. 특히나 천익이 이렇게 시끄러우니 안심하고 잠을 청하시기도 힘들지요."

그사이 엘리베이터가 천익본사의 비밀 층에 도착했다. 두 사람은 거기서 내려 테이블과 소파가 놓인 방으로 들어섰다.

"절대로 의심이 생겨선 안 됩니다. 문제가 생길 것 같다면 더욱 깔끔하게 처리해주세요. 썩은 부위를 애매하게 도려내려면 남은 부분도 썩어버리니 말입니다."

나도명의 중얼거림에 홍주원은 침을 삼켰다. 만약 문제가 생길 시에 아군마저 완전히 지워버리라는 의미였기 때문이다.

"명심하겠습니다. 그런데 일이 끝날 때까지 여기 계실 생각이십니까?"

"늙은 몸을 이끌고 어딜 가겠습니다. 그리고 제가 도움이 되긴 힘들겠지만 여차하면 움직일 녀석들을 같이 데려왔습니다. 적당한 시기에 쓰시지요."

"누굴 말씀하시는 겁니까?"

"예전에 저와 일하던 녀석들이지요. 연식이 좀 되었지만 쓸 만할 겁니다."

홍주원은 그 말을 들으며 다시 놀랐다.

그가 말한 사람은 예전에 천익의 요원에서 퇴직해 해외로 나갔다.

울프인 홍이명이 죽은 후 김정구를 보호하기 위해 귀국했다.

지금은 김정구의 마을을 지키고 있었다.

그들 중 5명이 나도명과 같이 온 것이다.

현재는 천익의 건물 바깥에서 대기했다. 그들의 실력은

지난번에 죽은 울프보다는 못하지만 전부 모이면 일개부대는 쑥대밭으로 만들 수 있었다.

"여기는 서울입니다. 예전에 집사님께서 누비시던 곳이 아닙니다. 여길 뒤집어놓으실 생각은 아니겠지요?"

나도명은 올해 67세였다.

그중에 5년의 젊은 시절을 베트남에서 보내며 수많은 사람들을 도살(盜殺)해 왔다.

이후에 나도명은 한국으로 들어와 천익의 모체인 경호회사에 첫 대표로 임명되었다.

그때부터 김정구의 부친인 김제성의 충실한 부하가 되어 지금의 기반을 이뤘다.

천익 내에서 나도명은 전설처럼 불리기 때문에 아까처럼 요원들이 자발적으로 나와 인사한 것이다. 물론 그들도 나도명의 이름을 알지 못했다. 그저 굶주린 사자라는 별명만 알고 있었다.

"어떤 세상이든 전장은 존재합니다. 그저 총을 들었느냐 마느냐의 차이겠지요. 펜으로도 사람을 죽이는 판국에 무슨 소용이겠습니까."

"그래도 헬하운드를 데려오시다니요."

지옥의 개라는 이름에서 따온 것이다.

그만큼 헬하운드는 홍주원의 입장에서 난처한 존재였다.

"실은 일처리에 앞서 지워버릴 것이 있습니다."

"뭘… 말입니까?"

홍주원이 생각하기에는 이번 계획대로만 사건이 해결되면 문제는 없었다.

인천 세관창고에 있는 돈도 안전했고, 경찰들의 간섭도 없어지게 된다. 그의 계산상으로는 문제될 것이 전혀 없었다.

"GHE상회. 지금까지의 우리 흔적을 너무나도 잘 알고 있지요. 위기가 찾아온 상황에서 꼬리가 밟히면 위험할 수 있으니 지우라는 지시가 떨어졌습니다."

"그 녀석들을 없애버린단 말인가요? 하지만 인천세관의 자금은 GHE상회의 컨테이너의 들어 있습니다."

GHE상회는 천익에게 쓸모가 많았다.

거기서 관세청으로 뿌려놓은 자금도 상당하기에 천익에서 필요한 물건들을 들여올 수가 있었다.

"우리가 필요로 한 것은 충분히 챙길 것이니 걱정 마세요. 그리고 GHE상회에서 필요 없어진 녀석들만 지우는 것이지 회사 자체를 없애려는 것은 아닙니다."

지금까지 GHE상회가 뿌려놓았던 뇌물은 기록이 따로 있었다.

물론 그 기록이 담긴 장부는 GHE상회의 사장인 고호율이 보관했다. 자신의 중요한 명줄이자 보험이었기 때문이

다.

나도명은 GHE상회 자체와 그 장부만을 원했다.

"알겠습니다. 마음대로 하시죠. 하지만……."

그 순간 나도명이 홍주원의 말을 끊고 들어갔다.

"혹시 일이 처리된 후에 하라는 것이면 불가합니다. 오히려 다른 이들의 시선을 끌어야 하니 빨리 움직여야 할 때입니다."

대답을 마친 나도명은 시계를 한 번 보더니 핸드폰으로 헬하운드의 대장에게 연락했다.

"이제 슬슬 움직여주시게."

특별한 지시는 없었다. 그저 간단한 요청과 함께 통화가 끝났다.

"후우……."

그런 상황에 홍주원은 어찌할 바를 몰라 의자에 주저앉으며 한숨을 내쉬었다.

절도전과 2범인 김원규는 낮에는 공사판에서 일하고서 밤늦은 시간까지 술을 퍼마시다가 집으로 들어가던 중이었다.

거하게 취한 그는 이리저리 비틀거리다가 잠시 전봇대를

잡고 쉬었다.

"아으… 취한다."

꼬질꼬질한 며칠간 묵은 찌든 냄새와 술 냄새가 섞여서 올라왔다.

주변을 지나가던 몇몇 사람들조차 코를 막으며 급히 지나갈 정도였다.

"젠장…! 술 취한 사람 처음 봐! X발 것들!"

인상 쓴 사람들의 반응에 김원규는 다시 터덜터덜 걸음을 옮겨갔다.

그러다 누군가 따라오는 느낌에 뒤를 한 번 돌아봤다. 하지만 컴컴한 골목 사이를 비추는 어슴푸레한 가로등 불빛이 전부였다.

김원규는 전과 2범이지만 빈집털이만 10년간 해온 나름 프로였다.

당연히 범행을 저지를 때마다 오감을 곤두세우고 일했다.

그 덕분인지 큰 실수를 저질렀던 범행만 걸려 전과 2범에서 그쳤다.

"너무… 취했나?"

착각한 것이라고 느낀 김원규는 다시 걸음을 옮겨 집으로 향했다.

집까지는 삐뚤삐뚤한 좁은 비탈길을 한참 올라가 도착할

 26

수 있었다.

"아으! 죽겠다!"

집으로 들어온 김원규는 구겨진 이불 위로 몸을 뉘였다.

내일도 새벽에 일어나 공사장 일을 나가야 했다.

잠시 후에 그의 눈이 감겨지며 시끄러운 코골이 소리만
방 안으로 울려 퍼졌다.

찰…칵!

시간이 조금 지나고 김원규의 방문 쪽에서 열쇠를 조심
스럽게 돌리는 소리가 들려왔다.

"…….."

잠시 후 문이 열리더니 두 사내가 하얀 덮개를 씌운 구둣
발로 조심스럽게 들어섰다.

그들은 플래시나 형광등도 켜지 않은 채 바닥의 쓰레기
를 피하며 잠든 김원규에게 다가갔다.

"누, 누구야!"

이상한 낌새를 느낀 김원규는 깜짝 놀라면서 소리쳤다.
그 모습에 두 사람은 급히 달려들어서 그의 입부터 틀어막
았다.

"읍―! 읍! 읍!"

다급해진 김원규는 그들의 손을 벗어나보려 했지만 소용
이 없었다.

입과 더불어 양팔까지 꽉 붙잡혀서 더 이상 움직이기가

힘들었다.

"쉿! 조용히 있어! 금방 끝날 테니 말이야!"

두 사내는 김원규의 귓가로 조용히 속삭였다.

그 뒤로 품속에서 총을 꺼내 그의 관자놀이 쪽으로 가져갔다.

당연히 김원규는 눈을 크게 뜨고 최대한 발버둥질했다. 그 총으로 자신이 죽겠다고 직감했기 때문이다.

"가만히 좀 있어! 흔들리면 잘못 맞잖아."

스스로 머리를 쏜 것처럼 만들어 자살로 위장하기 위해서였다.

지문이야 나중에 묻히면 될 일이니 그들에게는 어려운 일이 아니었다.

그에게 총을 겨누던 사내는 조용한 목소리로 짜증을 내다가 팔을 심하게 꺾었다.

우드드득!

계속 버둥거리던 김원규는 오른팔이 부러질 듯한 통증을 느낄 수 있었다.

"읍!! 읍!"

덩치가 큰 사내들은 그를 더욱 꽉 잡더니 총구를 관자놀이로 정확히 겨누었다.

"도둑이야!"

그 순간 바깥에서 여자의 비명소리가 들려왔다.

김원규의 방에 있던 사람들을 그 소리를 듣고 행동이 멈춰질 수밖에 없었다.

　"뭐지?"

　"근처에서 도둑이 들었나본데?"

　타다다다닥!

　열린 창문 앞으로 사람들의 달음박질 소리가 시끄럽게 울려댔다.

　고지가 높은 달동네이다 보니 창가 바로 앞에 길이 나 있었기 때문이다.

　"이래선 처리할 수가 없잖아."

　사내들은 주변으로 들린 비명과 쫓고 쫓기는 소리를 듣고 함부로 움직이기가 힘들었다.

　소음기가 없어서 지금 총을 쐈다간 사람들이 몰려올 수 있었다.

　"어쩔 수 없지. 그냥 목을 매달아 버릴까?"

　"어디다가 매달아?"

　김원규의 낡은 집은 천장에는 매달 만한 곳이 없었다. 그나마 창문의 창틀이 가능해 보였지만 바깥을 어수선하게 돌아다니는 사람들 때문에 눈에 띌지 몰랐다.

　"어쩌지?"

　탕! 탕! 탕!

　"김씨! 좀 나와 봐! 근처에 도둑이 들었디야!"

그때 한 할머니의 목소리가 문밖에서 들려왔다. 집주인 할머니로 김원규의 상황을 모르고 주변에 도둑이 들었다는 것만 걱정했다.

"김씨! 자나? 허어… 이상허네…….."

문을 두드려대던 할머니는 깨우던 것을 포기하고 마당 앞을 어슬렁거렸다.

그걸 확인한 사내들은 더욱 미간이 찌푸려질 수밖에 없었다.

김원규를 자살로 위장하기로 한 계획에서 절대 목격자가 있어선 안 되었다.

그런데 마당에는 집주인 할머니가 앉아 있고 김원규의 집에서 도망칠 구멍이라고는 현관뿐이었다.

바로 앞에 있는 마당을 지나가야 무사히 탈출할 수 있었다.

지금 김원규를 죽인다고 해도 당장 빠져나갈 구멍이 없기에 난처해졌다.

"읍! 읍! 읍!"

그들의 상황을 눈치챈 김원규는 두꺼운 손에 막혀 있던 입으로 소리를 질러댔다.

당연히 두 사람은 깜짝 놀라 그런 김원규의 입을 더욱 세게 틀어막았다.

"쉬……."

"김씨? 집에 있었나? 있으면 문 좀 열어봐!"

할머니가 그 소리를 들었는지 다시 문 앞으로 다가와 조용히 물었다.

그 탓에 두 사내는 숨을 죽이고서 문 쪽을 노려보았다.

픽! 픽!

그때 얇은 바람소리와 함께 두 사내의 목 부위가 따끔거렸다.

둘은 이상한 느낌에 목을 어루만지다가 주사기 모양을 한 탄환을 집어냈다.

"이건…….."

털썩! 털썩!

사내들은 말을 잇지 못하고 바닥으로 쓰러졌다.

압박에서 풀려나게 된 김원규는 영문을 모르고 멍하니 있었다.

그러다 자리에서 벌떡 일어나서는 밖으로 뛰쳐나갔다.

쾅—!

"사람 살려! 경찰! 경찰 좀 불러줘요!"

"김씨! 무슨 일이야!"

"저기! 저기 안에 있는 녀석들이 절 죽이려고 했어요! 핸드폰! 경찰!"

김원규는 횡설수설하면서 정신을 못 차렸다. 그사이 할머니는 그의 방으로 들어가려 했다.

"들어가지 마세요! 언제 일어날지 몰라요!"

그가 할머니를 붙잡았다.

할머니는 그런 행동에 현관 앞에서 불을 켜서 쓰러진 사람들을 확인할 수 있었다.

"에그머니나! 이게 뭐래!"

덩치 큰 사내 둘이 쓰러져 있자 놀랄 수밖에 없었다.

"할머니! 빨리 경찰이요!"

조금이나마 제정신을 차린 김원규는 할머니의 핸드폰을 빼앗아 경찰을 불렀다.

그 뒤로 두 사람은 겁이 나서 집에 있지 못하고 길목으로 나가 있었다.

시간이 조금 지나고 한 사내가 김원규의 집으로 조용히 들어섰다.

IIS요원인 배진수였다.

"제대로 뻗었군."

배진수는 방으로 들어가 사내들부터 확인하고 방금 전에 자신이 쏜 아피솔라젠 마취총의 탄환을 찾아 주워들었다.

어차피 체내로 들어간 아피솔라젠은 효능만 보이고 혈액에 의해 완전히 분해되니 어떤 흔적도 남지 않았다.

치직—!

그때 배진수의 골전도무전기로 유강수의 소리가 들려왔

다.

지금 유강수는 먼 거리에서 망을 보고 있었다.

—여기는 MAD One. 도둑신고로 호출된 경찰이 골목입구로 들어섰습니다. 근처에는 아무도 없으니 빨리 나오세요.

"알았다. 녀석은 잘 도망갔지?"

사실 동네에서 갑자기 나타난 도둑은 김욱현이었다. 적당한 타이밍에 인근 가택으로 침투해 소란만 일으키고서 도망을 친 것이다.

—자신이 왜 도둑이냐면서 투덜대더군요.

"그러게 가위바위보를 잘 하지. 아무튼 바로 복귀한다. 너는 경찰에게 그들이 끌려가는지 확인해."

—Roger.

그의 대답이 들리자 배진수는 곧장 바깥으로 나가 담장을 넘은 후에 모습을 감췄다.

항만경비대 쪽을 책임지고 있던 윤태영은 자신이 실수했던 것을 회복하기 위해서 이번 일을 맡았다. 그런데 아지트에 있다가 갑작스런 연락을 받던 김병진에게 황당한 이야기를 듣게 되었다.

"망을 보고 있다던 임종수한테 연락이 왔는데 김민우와 이해성이 경찰에게 잡혔다고 합니다."

"뭐? 녀석들이 잡혀? 어째서! 그럼 김원규를 죽이지도 못한 건가?"

원래 임종수는 김원규의 자택 앞에서 망을 보고 있었다.

그런데 도둑소동으로 자리를 피할 수밖에 없었고, 얼마 후에 그 일이 터지고 말았다. 당연히 자세한 사항을 전혀 알지 못했다.

"정확히는 기절한 채로 경찰의 동행 하에 실려 갔답니다. 일단 상황만 보면 김원규가 살아서 녀석들을 신고한 것 같다고 합니다. 일단 상부에 보고를 넣어서 정확한 상황부터 확인해야 할 듯싶습니다."

최소한의 인원으로 깔끔하게 해결하려 했던 것이 실수였다.

그 탓에 상황수습은 물론이고 어떤 것도 자신들 선에서 해결하기가 힘들었다.

"젠장—!"

결국 회복하려던 실수가 더욱 커지고 말았다. 당연히 윤태영으로서는 더욱 화가 날 수밖에 없었다.

"지금 상황이라면 김민우와 이해성은 살인미수에 총기 소지로 실형을 살게 되는 것은 둘째치고 경찰들이 지금의 사건과 연관 지어 더욱 파고들 겁니다."

김민우와 이해성은 항만경비대원으로 경찰들에게 얼굴이 알려진 상태였다.

당연히 이번 고창수 살인사건과 연계해서 수사를 진행할 것이다.

"후우… 바로 알아보도록 하지."

윤태영은 한숨을 내뱉으며 핸드폰을 들어 홍주원에게 전화를 걸었다.

뚜르르르! 뚜르르르!

신호음이 길어질수록 그의 심장이 무겁게 내려앉는 것 같았다. 이내 통화가 연결되자 윤태영의 표정은 천근만근 짓눌린 것처럼 일그러졌다.

홍주원은 계획실패에 대한 보고를 받았다. 당연히 분노할 수밖에 없었지만 바로 옆에 나도명이 있어서 드러내기가 힘들었다.

"허허… 자신만만하더니 실패했다는 말입니까?"

스피커폰이었던 탓에 나도명도 그 보고를 확실히 들을 수 있었다.

동시에 탄식을 흘리면서 고개를 저었다.

―며, 면목이 없습니다.

"일단 두 녀석이 병원으로 실려갔단 말이죠?"

―어떻게 된 것인지 모르지만 정신을 잃은 채 경찰이 그리로 데려갔다고 합니다.

상황을 파악한 나도명의 눈빛이 예리하게 빛났다. 그리고 뭔가 결정을 한 듯이 입을 열었다.

"일단 청소가 필요하겠군요. 이제부터 그 일도 제가 맡을 테니 간섭은 없길 바랍니다."

핸드폰을 꺼낸 나도명은 다른 작전으로 실행 중인 헬하운드에게 전화를 걸었다.

그러자 부대장인 마크 챙의 무거운 목소리가 수화기 너머로 들려왔다.

―말씀하십시오.

"청소해줄 거리가 생겼는데 처리해줄 수 있겠나?"

―마무리 직전단계이니 가능합니다.

"그럼 한명병원으로 가서 김민우와 이해성이란 사내 둘을 정리해주게. 필히 입을 열지 못하도록 만들어야 하네."

차갑게 가라앉은 분위기 속에서 나도명이 혼잣말을 하듯이 중얼거렸다.

―사진은 없습니까?

"곧 보내주도록 하지."

통화를 마친 나도명은 홍주원에게 말해 두 사람의 인적사항을 헬하운드에게 보내주었다.

36

그 시각 차준혁은 신지연과 함께 밤늦게까지 회사에서 업무를 보고 있었다.

그러다 김원규를 노리던 이들이 경찰에게 잡혔단 소식을 들었다.

운이 좋게도 잡힌 이들이 항만경비대원으로 위장취업 중이던 천익의 요원이었다.

당연히 일이 잘 풀린다고 생각할 수밖에 없었다.

하지만 그것도 잠시였다. IIS로부터 천익에 갑자기 나타난 사람에 대한 정보를 얻게 되자 차준혁의 얼굴이 순식간에 일그러졌다.

"왜 그래요? 아는 사람이에요?"

정보는 사진과 함께 넘어왔다.

그 사진을 본 차준혁의 반응에 신지연은 깜짝 놀라면서 물었다.

"이 사람이 예전에 말했던 나도명이란 사람이에요."

"천익의 비밀마을 부지 주인인 그 사람이요?"

조사를 하면서 알게 된 이름이었다.

그러나 모습을 드러낸 적이 없어서 누구도 얼굴을 알지 못했다.

그건 차준혁도 마찬가지였다. 비밀마을로 숨어들었을 때 경비대를 죽이고 봤던 기억으로만 알고 있었다.

"맞아요. 바로 이 사람이 나도명이에요. 그런데 이런 시기에 왜……?"

얼굴 외에는 나도명에 대한 정보가 없었다. 그런데 지금까지 잘 숨어 있던 그가 나타난 것이 차준혁에게는 이상하게 느껴졌다.

"혹시 천익이 요즘 되는 일이 없으니 김정구의 지시를 받아 확인하러 온 것이 아닐까요?"

"그 일들은 전적으로 홍주원 이사가 맡고 있어요. 나도명이 얼마만큼 큰 권한을 가진지 몰라도 굳이 나설 필요는 없었을 거예요."

차준혁은 찜찜한 기분을 떨쳐내기 힘들었다. 그래서 계속 머리를 굴리다가 천익에게 중요한 일을 어렵지 않게 생각해냈다.

"…지금 사건이 제대로 정리되는지 확인하러 온 걸지도 몰라요."

"고창수와 김정목 살인사건이요? 하지만 그건 항만경비대로 위장한 요원들이 잡혔잖아요."

"이제는 그들에게 수틀린 일이죠. 다른 움직임을 보일 거예요."

그녀와 대화를 나누던 중에 핸드폰으로 다른 메시지가 넘어왔다.

나도명과 동행한 이들의 사진들이었다.

잠시 차 밖으로 잠깐 나왔는지 멀리서 잠복 중이던 IIS요원들이 사진을 찍을 수 있었다.

"잠깐만요."

그걸 본 차준혁은 사진을 스캔하여 컴퓨터로 집어넣었다.

동시에 올서치 프로그램의 얼굴인식 프로그램을 실행시켰다.

"뭘 하려고요?"

"천익에서 빼온 정보에서 나올까 해서요."

정면으로 찍힌 얼굴은 2명뿐이었다.

그 얼굴을 프로그램에 넣어서 돌리자 검색이 시작되었다.

우우우우웅—!

"좀 느리네요."

"슈퍼컴퓨터가 아니니까요. 이럴 줄 알았으면 정보팀으로 내려가서 할 걸 그랬네요."

10분 정도 검색이 진행되던 중에 차준혁은 IIS 한재영 팀장에게 또다시 연락을 받았다.

"무슨 일입니까?"

—방금 전에 GHE상회로 정체불명의 사내 4명이 들어갔다가 소란을 피우고 사라졌다고 합니다.

GHE상회는 지난번에 배진수와 김욱현이 침입하고서 내

부경비가 더욱 삼엄해졌다.

그런 곳을 모르고 들어갔다면 누구든 잡힐 수밖에 없었다.

하지만 한재영은 그들이 잡히지 않고 빠져나갔다고 했다.

그런 웬만큼 실력을 가진 사람들이란 의미였다.

"뭐요?"

—어떤 녀석들인지 저희 요원들도 흔적을 놓쳤답니다. 일단 처음 있는 상황이라 보고 드립니다.

"사진은 없습니까?"

—찍지는 못했습니다.

"잠시만 기다려주십시오."

그사이 검색이 완료되면서 결과가 나왔다.

차준혁은 통화를 잠시 멈추고 내용을 확인했다.

[S급 기밀 — 비밀특수부대 헬하운드 파일
토미 리브스(Tomy REEVES) / 1963년생 / 미국
브루스 커티스(BRUCE CURTIS) / 1965년생 / 호주]

두 중년인의 사진과 경력들이 화면에 나열되었다. 그리고 2명 외에 헬하운드 소속인 부대원들의 목록들도 같이 나왔다.

"이런 사람들이 왜……."

헬하운드의 마지막 기록은 해외였다. 그런데 한국으로 들어와 있었다.

나도명과 같이 온 것이니 중요한 목적이 있을 것이다.

─차 대표님?

"아…! 죄송합니다. 아까 보내주신 인물들 중에 2명의 신원을 확인했습니다. 토미 리브스와 브루스 커티스. 천익에서 헬하운드라고 불리는 특수부대원들입니다."

─특수부대원이요?

한재영도 그 설명을 듣고 깜짝 놀랄 수밖에 없었다.

"혹시 그들이 아직 천익에 있습니까?"

─아니요. 보고를 받기로는 1시간 전에 어디론가 갔다고 합니다. 추적은 미처 하지 못했습니다.

천익을 감시 중인 요원들도 주 임무를 벗어나기가 힘들기 때문이다.

그 대답에 차준혁은 방금 전 GHE상회의 일과 헬하운드 부대원들을 연결시켜봤다.

하지만 같은 천익의 휘하들끼리 그런 짓을 저지르기에는 이유가 없었다.

"일단 지금이라도 그들이 어디로 갔는지 찾아봐주세요. 뭔가 느낌이 좋지 않습니다."

─알겠습니다. 바로 조사를 해보죠.

통화를 마친 차준혁은 응어리처럼 자리 잡힌 찜찜함에 머리만 긁적였다.

우우우웅!

GHE상회 인근에 세워진 차량에서는 헬하운드의 마크 챙이 타고 있었다. 방금 전에 통화를 끝내고 핸드폰으로 온 김민우와 이해성의 인적사항을 확인했다.

"이 녀석들이군."

그가 영어로 중얼거리는 사이 다른 멤버들이 차량으로 올라탔다.

루이스, 토미, 브루스, 에드윈. 모두 한국계 외국인으로, 영어만 쓰지 않으면 누구나 한국인으로 볼 외형이었다.

"준비를 마쳤습니다. 녀석들도 들어갔는데 바로 터뜨릴까요?"

방금 전에 GHE상회는 정체불명의 침입자들이 들어간 것 때문에 소동이 벌어졌다.

그러나 흔적을 찾지 못하고 모든 경비원들이 모여들었고, 밖에 나가 있던 고호율과 유동춘까지 상회로 급히 들어왔다. 그 광경을 마크 챙도 지켜봐서 알고 있었다.

"더 이상 기다릴 것도 없지."

GHE상회의 폭탄설치를 담당했던 루이스는 품속에서 핸드폰을 꺼내서는 번호와 함께 통화버튼을 눌렀다.

띠이—!

버튼이 눌리자 한동안 고요함이 찾아왔다. 그러나 오래 가지는 않았다.

GHE상회 건물에서 폭음과 함께 불꽃이 사방으로 솟구쳤다.

쾅! 콰쾅! 쾅—!

건물 이곳저곳에서 불길이 일렁였다.

상회 앞 도로를 달리던 차량들은 그 폭발로 인해 급히 멈춰 설 수밖에 없었다. 폭발과 함께 차량은 곧장 앞으로 출발했다.

"…끝났군. 그보다 폭탄의 흔적을 남기진 않았겠지?"

뒷좌석에 타고 있던 루이스가 설명했다.

"기폭장치는 전기시설을 연결했으니 발견해봤자 부서진 핸드폰조각뿐입니다. 조사를 해도 가스누출과 합선에 의한 폭발로 여겨질 겁니다."

헬하운드는 평균 40대 나이였다.

천익에서 퇴직한 요원이기 전에 군인과 용병으로 해외에서 활동했다.

당연히 특수부대에서 배울 법한 지식과 경험을 모두 습득하고 있었다.

"저 정도면 중요인물 중 생존자는 없겠군."

GHE상회 사람들 중 입구를 지키고 있던 중년의 경비원들만이 살아남았다.

그들은 표면적으로 일반 상회 건물로 보이기 위해 심어 둔 일반인이었다.

굳이 죽이지 않아도 문제가 되지 않았다.

"그럼 이제 철수하면 될까요?"

"아니, 나 집사님께서 다른 일을 지시하셨다. 병원에 있는 두 사내를 정리해달라고 하시더군. 아마도 후배 녀석들이 실수한 것 같아."

마크 챙이 핸드폰을 내밀자 다들 머리를 모아 확인했다.

그걸 보던 부대원 토미가 입을 열었다.

"하여간… 그럼 제가 가도록 하죠."

"경찰이 지키고 있다고 하니 혼자서는 힘들다. 그러니 브루스와 에드윈도 같이 가도록."

지시가 떨어지자 조금 뒤편에 서 있던 브루스가 목을 좌우로 꺾어댔다.

"경찰은 어쩝니까? 시선을 다른 곳으로 돌린 뒤에 해결하면 됩니까?"

"최대한 조용히 처리해라. 만약 데리고 나와서 정리할 수 있다면 좋겠지만, 그렇지 못할 상황이면 확실히 죽여야 한다."

차는 도로를 타고 한명병원으로 향했다. 멀지 않은 곳이라 오래 걸리지는 않았다.

운전을 하던 토미가 CCTV가 없는 곳에 차를 세우고 내리자 그 자리를 루이스가 대신 들어갔다.

바깥으로 선 이들은 전투복을 벗고 일반사람들과 같은 평상복으로 갈아입었다.

세 사람은 컴컴했던 골목길을 나왔다. 뒤로는 그들이 타고 왔던 차가 빠져나가고 있었다.

"그럼 가보도록 하지."

"내가 먼저 가서 서버관리실부터 만져놓도록 하지."

어떤 증거도 남기지 않기 위해 에드윈은 CCTV를 담당하러 병원으로 들어갔다.

차준혁은 IIS의 한재영에게서 더욱 충격적인 연락을 받게 되었다. 그건 서울로 헬하운드가 들어왔단 소식보다 더한 것이다.

—방금 전에… GHE상회가 폭발했다고 합니다.

단번에 말을 잇지 못한 그의 목소리에 차준혁은 더욱 충격을 받았다.

"뭐라고요?"

—폭발로 인해서 GHE상회가 완전히 불에 탔습니다. 현재 소방차들이 출동해 진화작업 중이라고 전달을 받았습

니다.

"어떻게…….."

불과 30분 전까지만 해도 침입자들이 들어갔다고 전달 받았다.

그런데 상황이 급변하자 차준혁은 말을 잇지 못했다.

―상황을 봐서는 안에 있던 사람들 중 생존자는 없을 것으로 추측됩니다.

"거기에 누가 있었던 겁니까?"

자세한 사항을 듣지 못해서 묻는 것이다.

―보고받기론 침입자 때문에 사장인 고호율과 행동대장 유동춘이 들어갔다고 들었습니다.

그 대답에 차준혁의 표정은 더욱 굳어질 수밖에 없었다.

사고로 폭발한 일어난 것이 아니라면 타이밍 상 누가 표적인지 알 수 있기 때문이다.

"헬하운드의 위치는 파악이 안 되었습니까?"

―아직 확인 중입니다.

차준혁은 계속 머리를 굴리다가 불길한 느낌에 꽂혀 들어갔다.

헬하운드의 등장과 더불어 GHE상회에 침입자가 생겼다. 거기다 갑작스런 폭발까지 일어났으니 예상된 추측은 하나였다.

"…김원규의 집에서 잡힌 녀석들이 한명병원으로 이송

46

되었다고 하셨죠?"

―맞습니다. 갑자기 그건 왜……?

아까 보고했던 내용을 되묻자 한재영은 말을 하다가 말았다.

"두 사람이 위험합니다. 그러니 지금 당장 요원들을 한명병원으로 보내주세요. 최대한 빨리요! 저도 지금 그곳으로 출발하겠습니다!"

통화를 마친 차준혁은 사무실 한쪽에 세워진 옷장을 열었다. 안에는 검은색으로 된 셔츠와 정장세트가 걸려 있었다.

겉보기에는 평범한 옷이었지만 재질은 울린지 전투복과 같은 성능으로 만들어진 것이다.

"왜 그래요?"

옆에서 대화를 듣고 있던 신지연은 그런 차준혁의 행동을 보며 놀란 표정을 지었다.

"GHE상회가 헬하운드의 목표였을 거예요. 그리고 이번에는 아까 말한 두 사람을 노릴 겁니다."

"그럼 천익이 GHE상회를 버린 거란 말인가요?"

"아마도요. 비밀마을의 정체가 들킨 원인이 GHE상회라고 감을 잡았을지도 모르죠. 게다가 이번 일로 자금까지 위협받고 있으니 이 참에 흔적을 완전히 지워버리려는 것일 거예요."

차준혁은 울린지 전투복을 들고 탈의실로 들어가 빠르게 갈아입고 나왔다.

"하지만 여기서 한명병원까지는 2시간 가까이 걸리잖아요. 지금 출발해봤자 늦을 수밖에 없어요."

모이라이 본사는 서울이었다. 반면에 GHE상회와 한명병원은 인천에 있었다.

아무리 한적한 시간에 고속도로를 빠르게 달린다고 해도 시간이 걸릴 수밖에 없었다.

"방법은 있어요."

대답을 마친 차준혁은 핸드폰을 들어 이지후에게 전화를 걸었다.

퇴근하고도 남을 시간이었지만 최근 새로운 프로그램을 개발한다고 며칠 째 밤샘작업을 하는 중이었다.

―무슨 일이야?

"지금 당장 한명병원 서버를 해킹해서 보호해줘. 특히 감시카메라와 보안 쪽이 뚫리지 않도록 부탁해."

―엥? 해킹이면 해킹이지, 보호는 무슨 말이야?

이지후는 전형적인 공격형 해커였기에 그 설명을 제대로 이해하지 못했다.

"한명병원이 해킹당하지 않게 보호하라고! 급한 일이야. 빨리!"

그 말을 끝으로 차준혁은 다른 장비들을 챙겼다.

"저도 같이 가요."

"안 돼요. 위험한 상황일 테니 지연 씨는 이곳에 있든가, 집으로 들어가요."

날카로워진 분위기에 신지연은 더 이상 조르지 못하고 있었다.

"알았어요. 대신 여기 있을게요. 일이 끝나면 여기로 돌아올 거잖아요."

"최대한 빨리 돌아올게요."

사무실을 나선 차준혁은 주차장으로 내려갔다. 그리고 주차장 경비실에 들러 이지후의 스포츠카 열쇠를 챙겨들었다.

"상황이 급한 관계로 좀 빌리마."

방금 전에 이지후와 통화를 하면서 미처 말하지 못한 부분이었다.

부아아앙—!

배진수는 유강수와 김욱현을 데리고 급히 한명병원 앞에 도착했다.

도둑으로 위장하다 상황을 미처 듣지 못한 김욱현은 뒤늦게 물었다.

"갑자기 이게 무슨 일입니까?"

"한 팀장님의 연락받았는데 GHE상회가 폭파되었대. 그리고 헬하운드라는 놈들이 우리가 잡히게 만든 녀석들을 노리고 있다나봐."

"정말입니까?"

유강수가 인적이 드문 곳으로 차를 세웠다. 다들 차에서 내리고 주변부터 살폈다.

그리고 평상복 안으로 가벼운 장비들만 챙기고서 머리를 모았다.

"일단 확실한 상황은 아니다. 그러니 먼저 김민우와 이해성이 멀쩡한지 확인한다."

"알겠습니다. 그럼 저랑 욱현이가 들어가겠습니다."

그렇게 대답한 유강수는 아피솔라젠 마취총을 꺼내 상태부터 점검했다.

여차하면 상대를 제압할 수 있도록 준비하는 것이다.

"지금 마스터께서도 이리로 오고 계신다고 한다. 그 분의 추측이라면 절대 틀린 것도 아닐 거야."

"마스터께서 말입니까?"

지금까지 차준혁은 함부로 움직인 적이 없었다. 당연히 타당한 이유가 있다는 의미와 같았다.

"빨리 확인부터 하자."

우우웅! 우우웅!

그때 배진수의 핸드폰으로 전화가 왔다. 차준혁에게서 걸려온 것이다.

"전화 받았습니다."

—지금 그쪽으로 가는 중입니다. 병원에는 도착하셨습니까?

차준혁의 목소리 너머로 웅장한 엔진소리가 크게 들려오고 있었다.

"이제 막 들어가려던 참입니다. 그런데 지금 오고 계신 중인 겁니까?"

—운전 중입니다. 위험할 수 있으니 조심하세요.

통화는 그렇게 끝났다. 배진수를 고개를 돌려 두 사람에 말했다.

"지시가 떨어졌다. 나까지 같이 가서 두 사람을 데리고 목적지로 이동한다."

세 사람은 곧바로 병원으로 들어갔다. 밤이 늦은 시간이라 병원 안은 상당히 한적했다. 정신없이 바쁜 곳이라고는 응급실뿐이었다.

김민우와 이해성은 이유 불명의 실신으로 진단받아 임시 입원처리가 되었다. 그걸 이지후가 해킹하여 차준혁을 통해 그들에게 전해주었다.

"1021호실……."

배진수는 팀원들과 나눠져 엘리베이터에 올라탔다. 밤

이 늦은 시각에 장정 3명이 돌아다니면 사람들 눈에 띌 수가 있기 때문이다. 그리고 병실이 있는 10층이 아닌 9층과 11층으로 각자 이동했다.

"경찰들은 제대로 지키고 있는 것 같은데."

복도 끝에서 병실 앞이 보였다. 배진수는 이상이 없단 것을 알고 유강수와 김욱현에게 무전을 넣었다.

머리둘레에 장착해야 하는 골전도마이크 대신에 귀에다 꼽는 무전기를 착용하고 있었다.

"여기는 MAD Zero. 이상은 없나?"

치직!

─MAD Two. 이상 없습니다.

─…MAD One. 7층 휴게실에서 수상한 사내를 발견했습니다.

One 코드를 맡은 유강수의 대답에 배진수의 표정이 굳어졌다.

"인상착의는?"

─얼굴은 40대 중반으로 베이지 재킷과 청색 면바지, 검은색 운동화를 신고 있습니다. 무전기를 착용 중이고 얼핏 보기에 겨드랑이 쪽에 권총을 착용한 것으로 보입니다.

그가 눈썰미가 좋다는 것을 배진수는 알고 있으니 허튼 보고가 아닐 것이라 생각했다.

"총이 확실한가?"

―재킷 바깥으로 튀어나온 모양이 확실합니다. 그리고 걸음걸이를 봐서는 군인출신입니다.

누구든 오랫동안 했던 행동이 습관으로 남는다.

그중에 대표적인 것은 일반사람들과 미묘하게 다른 보폭이었다.

특히 일반 군인과 다른 훈련을 받았다면 군화를 신고서도 소리가 나지 않도록 걸음이 부드러웠다.

물론 유강수도 그런 걸음걸이 훈련을 받았기 때문에 알수가 있었다.

"조심해서 지켜보도록……."

―Roger.

그의 대답이 들려오자 배진수는 다시 고개를 돌려 1021호 병실 문을 확인했다. 여전히 경찰 2명이 지키고 있는 것을 볼 수 있었다.

"바로 들이닥치지 않는 건가?"

유강수의 말대로 무전기를 착용한 중년사내가 헬하운드 중에 한 사람이라면 동료가 있다는 의미였다. 혼자서는 무전기를 사용할 리가 없기 때문이다.

"일단 상황을 지켜봐야겠군."

문제가 생긴다면 비상계단에서 대기 중인 김욱현에게 도움을 요청한 뒤에 해결해야 했다.

병원 지하실로 내려간 헬하운드의 에드윈은 날카로워진 눈빛으로 노트북 자판을 두드려댔다.

"왜 갑자기 이런 거지?"

치직—!

그의 귀에 꽂힌 무전기너머로 7층 휴게실에서 대기 중인 브루스의 목소리가 들려왔다.

—아직 뚫지 못한 건가?

진즉에 장악되었어야 할 CCTV가 정상작동 중이라 병실로 침입하지 못했기 때문이다.

그로 인해서 안으로 같이 들어섰던 브루스와 토미는 최대한 눈에 띄지 않게 움직이고 있었다.

"뚫리려던 방어벽이 갑자기 두꺼워졌어."

—누가 방해를 하고 있단 건가?

"병원에서 펜타곤 서버보안을 가져다쓴 것이 아니라면 그런 것 같아. 일단 최대한 뚫어볼 테니 방해하지 말고 대기해."

에드윈의 목소리가 다급했다. 그만큼 해킹으로 격전을 치루는 중이라는 의미였다.

무전이 끊기자 다시 자판이 바쁘게 두드려지고 있었다.

타다다닥! 타다다닥! 타닥! 타닥!

검은색 바탕에 하얀색 글씨로 된 도스체계에서 엄청난 공방전이 펼쳐졌다. 실질적으로는 병원에 직접 접속되어

있는 에드윈이 유리할 수밖에 없었다.

하지만 한순간의 방심으로 누군가 보안체계서버의 접속 루트를 차단시켜버렸다.

그 탓에 에드윈은 바로 손을 대지 못하고 우회서버로 접속하는 중이었다.

치직—!

계속 시간이 지체된 탓인지 11층에서 숨어 있던 토미에게 무전이 왔다.

—아직도 해결되지 않은 건가?

"좀 기다려봐!"

에드윈은 정체불명의 상대가 너무 빡빡한 탓에 무전으로 성질을 부렸다.

—더 이상 기다릴 수 없다. 이제 플랜B로 간다.

이미 40분이 넘도록 대기하고 있었다. 누군가 방해하는 것이 분명하다면 증거가 남지 않도록 속전속결로 처리해야 했다.

"…알았다."

결국 에드윈은 노트북으로 병원보안서버에 접속했던 흔적을 지웠다. 그리고 해킹의 방향을 전력공급관리 구역으로 바꾸었다.

"여기도 막아둔 것인가?"

결국 보안서버를 뚫지 못했다. 지금 상태로는 동료들만

기다리게 할 뿐이었다.

"어쩔 수 없군."

에드윈은 노트북으로 서버침입기록을 지워버린 후에 앉아 있던 CCTV사각지대에서 일어나 병원의 모든 전력이 통제 중인 관리구역 앞에 섰다.

구역은 철조망과 두꺼운 자물쇠로 잠겨 있었다.

푸슉! 푸슉!

그걸 확인한 에드윈은 총으로 자물쇠를 부수고 안에 들어갔다.

"잠시 후 플랜B로 돌입한다."

—Roger.

무전기 너머도 그의 동료들 대답이 들렸다. 동시에 전력의 전원으로 손이 간 에드윈은 숫자를 세었다.

"카운트다운! 5… 4……."

끼이이이익!

빨간색 스포츠카가 인근에 세워졌다.

차에서는 얼굴에 광학위장패치를 붙인 차준혁이 내렸다.

예전에 위장했던 오정구와 다른 얼굴이었다.

"녀석들도 바보가 아니라면 지후가 보안서버를 막는 동안에 일을 저지르지 못했겠지."

만약 두 사람이 잘못되었다면 먼저 도착한 IIS요원들에게 연락이 왔을 것이다.

그러나 차로 여기까지 오는 사이에 받은 연락은 없었다.

"그럼 들어가 볼까?"

팍—!

병원으로 차준혁이 들어가려던 순간 건물의 모든 전원이 나가면서 캄캄해졌다. 너무 갑작스런 상황에 차준혁은 순간 발걸음을 멈췄다가 상황을 판단할 수 있었다.

"설마……!"

다른 건물들이 멀쩡한 상황에서 병원만 정전되기는 불가능하기 때문이다.

거기다 한명병원은 일반병원도 아닌 거대병원이었다. 보조전력장치가 있어서 지금과 같은 정전현상이 벌어지기가 불가능했다.

"젠장—!"

당연히 누군가 의도적으로 정전을 일으켰다고 생각할 수밖에 없었다.

깜짝 놀란 차준혁은 곧장 병원으로 달려 들어갔다.

"빨리 전원을 확인해봐!"

"방금 전에 확인하러 갔습니다!"

병원 안도 갑작스런 정전으로 인해 난리가 벌어졌다. 위급한 환자들 때문에 어떤 경우보다 전력회복이 중요했다.

타다다다다다닥……!

그런 상황을 옆으로 지나친 차준혁은 병실이 있는 10층까지 계단으로 달려 올라갔다.

하지만 10층의 상황은 아래층과 달랐다. 비상구 계단이 열림과 동시에 격한 소리들이 복도로 울려 퍼지고 있었다.

퍼퍽—! 퍽! 퍼퍼퍽!

차준혁은 소리의 근원지를 어렵지 않게 찾아냈다. 마취로 잠든 김민우와 이해성이 있던 병실 앞이었다.

"시작된 건가?"

비상계단에서 나온 차준혁은 그곳 앞까지 달려갔다.

복도창문 밖에서 흘러들어오는 어슴푸레한 빛으로 누군가 싸우는 모습이 비춰 보였다.

마스크로 얼굴을 가린 4명의 사내들이 바닥으로 쓰러진 순경들을 놔두고 뒤엉켜 싸우는 중이었다.

반은 헬하운드였고 남은 반은 IIS요원인 배진수와 김욱현이었다.

상당한 실력을 지닌 IIS요원들이 유리할 것 같았지만 헬하운드도 만만치 않았다.

"이 정도로 강경책을 사용할 줄이야."

차준혁의 예측대로 헬하운드는 김원규를 죽이려 했던 김

민우와 이해성을 노리고 있었다. 그걸 확인한 차준혁은 곧장 뛰어들 수밖에 없었다.

파파팍! 파팍!

싸우는 이들 틈사이로 들어간 차준혁은 태무도의 무회(無灰)를 사용하여 모든 공격들을 무력화시킨 후 양쪽으로 떨어뜨렸다.

거리가 멀어진 이들은 영문을 모르겠단 표정을 지으며 가운데 선 차준혁을 쳐다봤다.

물론 IIS요원들은 광학위장패치로 바뀐 차준혁의 얼굴을 알아보지 못했다.

"접니다. 지금부터 여긴 제가 맡겠습니다."

"아닙니다. 저희도 도와드리겠습니다."

"다른 한 명은 어딜 간 겁니까?"

"적들은 총 3명인 것 같습니다. 현재 7층 휴게실에서 남은 1명과 격전 중일 겁니다."

그런 보고에 차준혁은 헬하운드의 두 사람이 자세를 고쳐잡는 모습을 보았다.

"지금 중요한 것은 김민우와 이해성입니다. 곧 있으면 깨어날 것이니 그들부터 다시 재워주세요."

아피솔라젠은 성인에게 약 2시간의 효과를 가진다.

곧 있으면 그 효능이 다하게 된다. 그들이 깨어나면 도망치려할 것이니 확보부터 해야 했다.

"알겠습니다."

배진수는 그 말을 이해한 후 김욱혁의 팔을 툭툭 치고서 병실로 걸음을 옮겼다. 그러나 헬하운드가 그 모습을 가만히 지켜볼 리가 없었다.

헬하운드의 두 사람은 토미와 에드윈이었다. 그들은 병실로 향하던 이들을 향해 숨겨두었던 총을 꺼내어 겨누었다.

방금 전 보인 차준혁의 실력 때문에 속전속결로 끝낼 생각 같았다.

파파파팍!

그 순간 차준혁은 빠르게 다가가 격타(擊打)로 두 사람의 팔을 위로 쳐냈다.

피픽! 픽!

총구를 잡은 그들의 팔이 튀어오르며 탄환은 멀쩡했던 천장에 구멍을 만들었다.

그 뒤로 차준혁은 동작을 멈추지 않았다. 전추(顚墜)로 에드윈을 바닥으로 메치면서 다른 한 사람인 토미의 다리까지 노렸다.

촤아악!

그때 토미가 소매에서 군용나이프를 꺼내 수면차기로 들어오는 차준혁의 다리를 향해 그었다.

촤악!

하지만 차준혁의 다리는 울린지로 만든 바지인 덕분에 멀쩡했다.

그로 인해 토미의 손에 쥐어진 칼은 다리만 스치고 지나가 허공을 갈랐다.

"어떻게 된 거지?"

깜짝 놀란 토미는 곧장 칼의 방향을 차준혁의 몸통으로 바꿨다.

그사이 바닥으로 메쳐진 에드윈도 협공을 위해 차준혁을 놓지 않았다.

낙법을 쓸 새도 없이 내려친 것이라 충격이 상당할 것이다. 그걸 에드윈은 참아내고 있었다.

'합공실력이 만만치 않은 녀석들이군.'

울프라고 불리던 홍이명 만큼의 실력은 아니었지만 공격을 받은 것도 자신들에게 유리한 쪽으로 유도할 정도였다.

"어쩔 수 없나."

차준혁은 꾹 누르고 있던 살기를 최대치로 내뿜었다. 사방으로 날카로운 칼날이 날아두는 분위기가 두 사람을 엄습하기 시작했다.

"뭐, 뭐지!"

동시에 차준혁은 초감각으로 감지한 에드윈의 틈으로 급소공격을 내질렀다.

그건 아무리 훈련받은 요원이라고 해도 쉽게 참을 수 없는 곳이었다.

"커억—!"

팔을 붙잡고 있던 에드윈의 손에서 힘이 풀렸다.

그사이 차준혁은 뒤로 몸을 젖혀 토미의 칼을 피했다.

'아슬아슬했군. 하지만 홍이명 만큼은 아니야.'

몸을 뒤로 젖혔던 차준혁은 바닥을 짚으며 회전하면서 토미에게 올려차기를 날렸다.

퍽!

토미는 몸을 휘청거리더니 뒤로 주춤거리며 물러섰다. 그걸 본 차준혁은 급소를 맞아 컥컥거리던 에드윈의 명치로 무릎을 찔러 넣었다.

뒤춤에 아피솔라젠 마취총도 있었지만 그걸 꺼내는 사이 틈을 보일 수 있기 때문이다.

"크억—!"

격한 비명과 함께 에드윈은 그대로 정신을 잃었다.

"네 녀석… 정체가 뭐야!"

그 상황에 토미는 영어가 아닌 어눌한 한국어로 물었다.

국적은 미국으로 되어 있었지만 천익에서 훈련을 받으며 익힌 것이다.

"곧 죽을 녀석이 궁금해 할 필요는 없지. 시간이 없으니 빨리 끝내자."

다른 병실의 환자들은 지금 상황에 겁을 먹고 얼굴을 내

밀지 못했다. 복도에서 총격전에 격투까지 벌이는 중이니 말이다. 당연히 경찰을 불렀을 테니 빨리 상황을 마무리지어야 했다.

"쉽게 될 것 같은가!"

토미는 손에 쥔 권총을 들어올렸다.

'환자들까지 있는 곳에서 총을 사용한다고?'

그들은 자신들의 목적을 이루기 위해선 어떤 방식도 썼다. 당연히 차준혁은 더욱 화가 날 수밖에 없었다. 그래서 급히 뛰어올라 복도의 벽과 천장을 차고 날아들었다.

물론 그 방향을 따라 토미의 총구도 같이 움직였다.

푸슉! 푸슉!

소음기가 장착된 총구에서 탈환이 발사되었다. 동시에 차준혁은 양팔을 두 이(二)자처럼 들어서 머리를 보호했다.

탄환은 울린지 소재로 둘러싸인 정장 소매를 뚫지 못하고 바닥으로 떨어졌다.

퍽―! 휘익! 쿵!

차준혁은 토미와 그대로 부딪치고 말았지만 거기서 끝이 아니었다.

순식간에 뒤로 돌아가 토미의 양 어깨를 붙잡고 용절추(龍節墜)를 걸었다.

우드드득! 후웅―!

그의 어깨에서 소름끼치는 소리가 울렸다. 역방향으로 꺾인 그의 팔은 차준혁에게 잡힌 상태로 휘둘리며 몸 째로 띄워졌다.

웬만큼 무술을 익히고 있었던 토미는 자신의 몸이 떠오른 상황에 어떻게든 발로 착지하려고 했다. 어깨의 관절이 빠져서 팔로 낙법을 할 수 없으니 유일한 방법이었다.

그를 메치던 차준혁은 옆으로 빠지며 양쪽 발목을 발로 찼다.

발목이 뒤로 젖혀지자 바닥과 맞닿게 된 것은 무릎밖에 없었다.

쿵─! 우드드득!

"끄아아아악!"

병원 바닥이 환자들을 위해 만들어져 완충효과가 있다고 해도 천장 끝에서 바닥으로 내리꽂힌 충격까지는 완화시키기 힘들었다. 당연히 토미의 양쪽 무릎을 완전히 박살나고 말았다.

"후우……."

드르르르륵!

그때 병실 안에서 배진수와 김욱현이 문을 열고 나왔다. 두 사람은 정리된 상황을 보자 말문을 쉽게 열지 못했다.

"안에 있던 두 사람은 어떻게 했습니까?"

"일단 재워뒀습니다. 안전한 곳으로 옮길까요?"

"아닙니다. 이들만 포박해두고 저희는 돌아가죠. 곧 있으면 경찰이 올 겁니다. 다른 곳도 정리가 되었는지 확인해주세요."

헬하운드가 사건을 과격하게 처리하려던 상황 때문에 어쩔 수 없이 격전을 벌였다.

이미 목격자들을 의사와 간호사, 환자들까지 해서 상당히 많았다.

그런 상황에서 김민우와 이해성을 데리고 나가기는 힘들었다.

물론 헬하운드와 두 사람도 마찬가지였다. 이대로 경찰에 체포되도록 만드는 방법밖에 없었다.

"7층에 있던 상황도 정리되었다고 합니다. 바로 탈출하라고 했으니 저희도 움직이도록 하죠."

배진수의 대답과 함께 그들은 곧바로 발걸음을 옮겼다. 그사이 병원의 전원이 복구되었는지 밝아졌다.

"빨리 가죠."

다들 각자의 방법으로 얼굴을 가리고 있었다.

CCTV는 이지후가 장악하고 있을 테니 분명 알아서 해줄 것이다.

하지만 엘리베이터는 고립될 수 있으니 사용하기가 힘들었다. 그래서 비상계단을 밟고 내려가는데 6층 쯤에 도착하자 경찰들이 올라오는 소리가 들려왔다.

경찰들도 신고를 받고서 왔지만 정전으로 인해 엘리베이터가 멈췄으니 계단을 이용할 수밖에 없었다.

그 소리를 먼저 들은 차준혁과 일행들은 비상계단에서 나와 6층 복도로 들어섰다.

검사실인지 야간에는 운영이 안 되어 사람들이 보이지 않았다.

"어떻게 할까요?"

배진수의 물음에 차준혁은 머리를 굴렸다.

"다들 옷을 바꿔 입고 따로 빠져나갑니다. 그리고 무전기 주파수를 786.54로 바꾸세요. 유강수 요원에게도 전해주시고요."

그들이 무전기 채널을 바꾸자 차준혁은 이지후에게 전화를 걸기 위해 핸드폰을 꺼냈다.

액정에 뜬 부재중 전화가 40통이나 되었다.

차준혁은 그걸 확인하며 통화버튼을 눌렀다. 신호음이 끝나고 이지후의 목소리로 욕부터 날아들었다.

—야! 이 X같은 자식아! 누가 내 애마를 타고 가래! 얼마나 오랫동안 기다려서 산 아이인 줄 알아!

"미안. 미안. 정말 급해서 그랬다. 그리고 과속용 번호판 교체장치는 잘 써먹었다."

스포츠카를 좋아하던 이지후는 가끔씩 이른 새벽에 한적한 서해쪽 해안도로로 나가 스피드를 즐겼다.

차가 거의 없는 시간이었지만 혹시나 하고서 걸릴까봐 번호판이 교체되도록 개조를 해놓았다.

차준혁이 그의 차를 고른 이유는 속도였지만 그것도 큰 이유 중에 하나였다.

—너 돌아오기만 해봐! 아주…….

"그보다 상황을 좀 알려줘야겠다. 병원건물 전력이 들어왔으니 보안서버를 다시 장악하고 있지?"

—쳇! 당연한 것을 왜 물어? 지금 6층 검사실 층이지? 방금 전에 비상계단으로 경찰들이 지나쳐서 올라간 거 봤어.

역시 이지후는 차준혁이 생각한대로 움직여주었다.

"좋았어. 그럼 이제부터 무전주파수 786.54로 나하고 요원들이 병원을 빠져나갈 수 있게 도와줘."

—무슨 말인지 알겠어.

그때부터 이지후도 차준혁의 무전기를 중계기로 사용하여 말을 이어 나갔다.

—흠! 흠! 여러분 이제부터 내가 시키는 대로 움직여주세요.

상황을 파악한 이지후는 목을 가다듬고 CCTV로 경찰들의 위치를 확인하며 지시를 내려주었다. 그때부터 고립되었던 문제는 완전히 해결되었다.

이지후의 목소리가 쌍팔년도 다방DJ처럼 느끼했다는 것이 조금 문제였다.

[전날 밤 인천 구월동 H병원에서 정전과 함께 6명의 정체불명인 사내가 총격전을 벌였습니다. 그 와중에 순경 2명이 총에 맞아 사망하였습니다.]

[뒤늦게 신고를 받아 출동한 경찰은 그중 3명을 부상을 당한 상태에서 검거했다고 발표했습니다. 더욱 자세한 사항은 조사를 마치고 따로 성명을 발표하겠다고 해당지방 경찰청측에서 전했습니다. 앞으로 경찰이 이번 사건을 어떻게 해결해 나갈지 국민들이 큰 관심을 보일 것이라 생각됩니다.]

이번 사건도 다른 때와 마찬가지로 국민들에게 큰 충격을 주었다.

그것도 환자들이 가득한 병원에서 총격전이 벌어졌으니 당연한 반응이었다.

한편, 사건을 맡게 된 경찰들은 골치가 아파왔다. 김원규 총기살인 미수사건으로 검거한 현행범 두 사람과 병원 총격전과 함께 경찰을 둘이나 죽이고 검거된 세 사람 모두 묵비권을 행사하고 있었기 때문이다.

사건을 담당한 강력 1팀장 윤계식은 그로 인해 비듬만

잔뜩 떨어져대는 머리를 박박 긁었다.

"돌아버리겠네. 병원의 세 녀석 중에 두 녀석은 갈비뼈 골절에 양쪽 어깨 탈골, 무릎 골절이잖아. 어디 턱이라도 박살 났대? 왜 말을 안 해!"

어차피 현장에서 발견된 권총에서 그들의 지문이 잔뜩 나왔다.

그것만으로 총기소지가 충분히 인정되니 검찰 측에서도 기소는 문제가 없었다.

그러나 살인미수에 대해서는 용의자들이 모두 입을 열지 않으니 조사할 방법이 없었다.

물론 윤계식도 바보가 아닌 이상 사건정황상 병원에서 검거한 이들의 목적이 무엇인지 알 수 있었다. 김원규 살인미수사건의 용의자들이 있던 병실을 급습했으니 말이다. 당연히 그들을 죽이기 위해서라는 것을 알 수 있었다.

"대체 갑자기 나타난 4명은 뭐고… 진짜 돌아버리겠네. CCTV는 정전복구 후 기록이 완전히 날아가 버렸으니."

경찰에서 찾은 CCTV 증거는 이번에 검거된 사람들이 들어간 화면뿐이었다. 그걸로 검거한 용의자들을 기소하는 데는 문제가 없었다.

하지만 갑자기 나타나 그들과 싸운 4명의 흔적은 어디에도 존재하지 않았다.

거기다 어둠 속이라 목격자도 제대로 구성되지 않고 있

었다.

답답해진 윤계식은 다시 심문하기 위해 조사실로 향했다.

그런데 조사실 앞이 소란스러운 것을 보더니 급히 발걸음을 옮겼다.

"무슨 일이야?"

그런 물음에 부하인 형사가 조심스럽게 입을 열었다.

"경찰청 수사 1과에서 자신들 쪽으로 이번 사건을 이관해 간답니다."

"뭐?"

갑작스런 소식에 윤계식은 더욱 어이가 없었다.

"일단 1차 심문은 여기서 하고서 데려간다고 하네요. 그보다 특별수사고문인 모이라이의 차준혁 대표가 같이 왔습니다. 팀장님은 보신 적이 있으십니까?"

형사는 차준혁에게 사인까지 받을 기세였다. 그 모습에 윤계식은 더욱 화를 내고 조사실 문을 벌컥 열고 들어갔다.

"미친! 누구 마음대로 사건을 이관해!"

"오랜만에 뵙습니다. 선배님."

안에는 수사 1과 1팀원인 안대연과 이동형, 차준혁이 있었다. 그중에 원래 인천지역 형사출신이던 안대연이 그런 윤계식을 보며 인사했다.

"안 형사?"

윤계식도 그런 안대연을 보고 깜짝 놀랐다. 피의자 폭행으로 좌천을 당했다가 수사 1과로 발령이 나서 갔단 소식을 듣기는 했지만 이렇게 볼 줄은 몰랐기 때문이다.

"선배님께 죄송한 말씀이지만 이번에 검거한 용의자들을 저희가 맡아야 할 것 같습니다."

두 사람은 파트너로 일했던 적도 있었다. 그래서인지 윤계식은 버럭했던 마음을 급히 진정시키고 안대연에게 말했다.

"도대체 뭔데 그래?"

"그들은 저희가 지난번에 이관받았던 고창수 총기살인 사건과 관련된 용의자입니다."

애초에 그 사건도 인천관할의 사건이었다. 당연히 윤계식도 알고 있으니 고개가 끄덕여졌다.

"하지만 무턱대고 이관이라니 말도 안 되잖아?"

"초동수사부터 저희가 진행하기 위해서 급하게 이관시키다보니 먼저 연락을 미처 못 드렸습니다. 이해해주시길 부탁드립니다."

수사 1과는 사건이관을 받았을 때도 관할서 초동수사미흡으로 어려운 점이 많았다. 그래서 소식을 듣자마자 박광록이 상부에 신청한 것이다.

"허어… 뭐 네가 맡은 사건이라면 어쩔 수 없지."

이에 윤계식은 안대연의 어깨를 두드리고서 조사실을 나
갔다.

그러자 한쪽 구석으로 물러나 있던 차준혁이 앞으로 나
서 심문을 하던 김민우의 옆에 섰다.

"다시 시작하죠. 김민우씨는 항만경비대인 DS시큐리티
소속입니다. 그런데 어째서 아무런 관계가 없는 김원규 씨
를 죽이려고 하신 겁니까?"

그 물음에 김민우는 묵묵부답이었다.

잘못 입을 열었다간 자신과 관계된 사람들의 정체가 위
험해질 수 있기 때문이다. 물론 차준혁도 그 이유를 잘 알
고 있었다.

"제가 추측한 정황을 설명 드릴까요? 사실 고창수 씨와
김정목 씨를 죽인 것은 당신과 이해성이라고 생각합니다.
압수된 총기의 조사서류를 보니 피해자에게 추출된 탄환
이 사용된 총기라는 결과가 나왔으니 말입니다."

사용된 탄환에는 무수한 흔적들이 남는다. 그중에 총구
의 강선을 따라서 탄환에 남게 된 자국은 법정에서도 유용
한 증거가 된다.

문제는 바로 그 점이었다. 김민우는 김원규에게 확실한
죄를 씌우기 위해 책임자인 윤태영의 총을 챙겨왔다. 그렇
게 압수된 총에서 똑같은 강선의 흔적이 나왔으니 합당한
증거가 되었다.

"……."

"계속 묵비권이시군요. 계속 말씀을 드리자면 김원규 씨를 죽이려한 이유는 두 사람은 그에게 죄를 뒤집어씌우기 위해서라고 생각합니다. 수감되었던 교도소에서 방이 같았으니. 충분한 가능성을 만들 수 있겠죠."

이번 설명에서 김민우의 눈동자가 미묘하게 흔들렸다.

바로 옆에 서 있던 차준혁은 그걸 보고 김민우의 상태를 짐작할 수 있었다.

"아마도 검찰에서는 두 사람을 고창수, 김정목 씨의 살인죄와 더불어 김원규 씨의 살인미수죄로 기소할 것입니다. 어차피 증거는 대부분 나왔으니 말이죠."

차준혁은 그 말을 끝으로 안대연을 봤다. 이 상태로는 조사가 더 이상 이뤄지지 힘들었다.

그래서 사건이관부터 시키기 위해서였다.

"일단 경찰청으로 데려가시죠."

"알겠습니다. 남은 수사는 저희가 진행하겠습니다."

그 대답과 함께 차준혁은 밖으로 나갔다. 그러자 이동형도 같이 나와 그의 어깨를 잡았다.

"다음 주말에 식사 약속 있는 거 알지?"

차준희와 교제 중인 이동형이 가족들끼리의 식사 자리를 마련한 것이다.

다만 상견례까지는 아니었고 사돈이 되기 전에 미리 면

식을 익혀두기 위함이다. 그 물음에 차준혁은 한숨이 흘러
나왔다.

"에휴… 기억하고 있다. 그런데 준희랑 결혼하면 나한테
뭐라고 불러야 하는지 알지?"

"당연히 형님입지요! 그럼 난 사건이관 시키러 간다! 나
중에 보자!"

그가 다시 조사실로 들어가자 차준혁은 머리를 긁적이며
차로 돌아갔다. 그곳에는 조수석에서 신지연이 기다리고
있었다.

"어떻게 됐어요?"

"침묵으로 일관할 뿐이죠. 그래도 이번 일로 천익에서
흘린 증거들이 많아요. 경찰과 검찰에서도 그 흔적으로 추
적을 시작할 수 있겠죠."

사실 차준혁은 이번 일론 식은땀을 흘렸다. 증거를 없애
기 위해 엄청난 경력을 가진 헬하운드를 동원하여 직접 살
인을 지시할 줄은 몰랐기 때문이다.

'만약에 눈치채는 것이 조금이라도 늦었으면 김민우와
이해성은 죽었겠지.'

GHE상회가 폭발하면서 항만에 숨겨진 돈에 대한 중요
한 인물들이 죽어버렸다.

그런 상태에서 겨우 잡게 된 김민우와 이해성까지 조사
받기 전에 사망했다면 모든 것이 수포로 돌아갔다.

신지연은 고뇌하는 차준혁의 모습에 입을 열었다.

"정말 다행이네요."

"IIS와 겨레회에서도 이제 제대로 움직여줘야 할 거예요. GHE상회를 폭파시킬 정도로 다급해진 녀석들의 상황이라면 무슨 짓을 할지 모르니까요."

천익은 제대로 꼬리를 밟히게 된 것이나 다름없었다. 그렇다면 이제 꼬리를 자르는 방법뿐이었다.

"어떻게 잡은 기회인데 놓치겠어요. 국장님에게 연락해서 주의하도록 말씀드릴게요."

"그리고 이번 사건이 특수부 유태진 부장검사에게 넘어가도록 해줘야 해요."

"하지만 그곳에는 천익의 사람인 조해성 검사가 있잖아요. 증거를 조작하면 어떻게 해요?"

차준혁은 그녀의 걱정에 살짝 미소를 띠었다. 그도 거기까지 생각을 해보았기 때문이다.

"이런 기회가 언제 또 오겠어요. 그러니 스스로 무덤을 파도록 만들어야죠."

그 대답과 함께 차준혁은 차를 출발시켰다.

자신의 무덤으로 향한 발자국

　나도명은 화면으로 연결된 김정구의 영상을 앞에 두고 있었다.

　이번 사건을 해결하기는커녕 크게 벌려놨으니 고개만 숙인 채 어떤 말도 하지 못했다.

　─자네 실력이 녹슨 것인가… 아니면 녀석들이 뛰어난 것인가……?

　그 물음에 나도명은 뒤편에 잡히지 않은 헬하운드 부대의 마크와 루이스를 대동하고 있었다. 물론 그들도 나도명과 마찬가지로 입을 열기가 힘들었다.

　─누구든 말을 좀 해보게. 대체 이 상황을 어떻게 수습해

야 하는 건가?

항만경비대의 김민우와 이해성이 현장에서 검거된 이후 경찰들의 수사는 계속 진척되어갔다.

거기다 해외국적을 가진 헬하운드와 그의 동료 세 사람이 그 사건으로 잡혀버렸다.

그로 인해 검찰수뇌부에서 특수부까지 움직여 사건조사 본부까지 만들었다.

천만다행인 부분도 있었다. 두 사람이 용의자로 잡힌 탓에 항만세관창고를 확인하던 경찰조사가 멈췄다. 덕분에 숨겨둔 물건들이 무사했기 때문이다.

"뭐라 말씀을 드릴 수 없어서 송구할 따름입니다."

—하아… 일단 헬하운드의 세 사람은 어찌할 생각인가? 녀석들이 입이라도 잘못 놀리면 우리의 입장이 곤란해지네.

항만경비대들이야 자금을 보호하던 일에 대해서 밖에 모른다. 책임자였던 윤태영은 이미 남아 있던 헬하운드 부대원들이 처리했다. 당연히 그 이상 문제될 것이 없었다.

하지만 구속당한 헬하운드 부대원들은 직접적으로 김정구의 마을을 보호하고 있었다. 당연히 나도명과 마찬가지로 웬만한 중요정보들을 가졌다.

"어떻게든 묵비권을 행사할 겁니다. 그리고 해당 대사관에 은밀히 연락을 넣어뒀습니다. 조만간 그들을 대사관에

서 인계받아 출국시킬 수 있습니다."

나도명도 천익의 일원으로 여러 일들을 해결해왔으니 상당한 경험치를 가지고 있었다. 그래서 이번 일이 터짐과 동시에 대책을 마련해뒀다.

―검찰에서 그들이 아무렇지 않게 출국하도록 놔두겠나? 사람들의 시선까지 몰린 마당에 쉽게 해결되겠냐 이 말이네!

세상에서 제일 처리하기 어려운 사건은 증거가 부족한 살인사건보다 사람들의 이목이 가득한 사건이었다. 물론 그들이 사건이 어떻게 되든 어찌할 수 있는 것은 아니지만 관심이 유지되기 때문이다.

"일단 그들이 수감된 후에 조용히 해결하는 방법이 좋을 듯싶습니다."

―어떻게 말인가?

교도소에서 자살이든, 타살이든 김민우와 이해성의 입만 막으면 그만이었다.

그러나 나도명이 말한 방법에는 중요한 문제점이 있었다.

평범한 곳도 아닌 교도소에서 그런 일을 하려면 폭력조직을 이용하는 것이 유리했다.

하지만 천익은 휘하에 두고 있던 기지회가 완전히 박살났다.

게다가 모이라이에서 벌인 거리개혁사업과 함께 수많은 폭력조직들이 설 자리를 잃어가고 있었다.

 당연히 그 일을 사주할 폭력조직이 마땅치 않았다. 거기서 더 큰 문제는 대상이 천익에서 훈련받은 요원이란 부분이었다. 웬만큼 실력을 가지고 있지 않으면 도리어 당할 수도 있었다.

 만약 그렇게 된다면 김민우와 이해성의 마음이 어떻게 돌아설지 몰랐다.

 "지금 적당한 이들로 모색 중입니다. 마땅한 사람이 없다면 제 사람으로 보내겠습니다."

 ―아니야. 그냥 두도록 해.

 화면 속에서 인상을 쓰고 있던 김정구는 조용히 말했다.

 그런 의외의 대답이 들려오자 나도명은 깜짝 놀랄 수밖에 없었다.

 "하지만 저희의 흔적을 놔둔다면 우리의 존재가 밝혀질 수도 있습니다."

 ―아니, 오히려 우리의 움직임이 녀석들의 계획일지도 모른다. 아직 따로 접촉한 사람은 없겠지?

 김정구는 더욱 악화된 상황에서 정신을 똑바로 차렸다. 그만큼 이번 일이 천익의 사활을 좌지우지할 것이라고 생각하기 때문이다.

 "아직 그런 것은 없습니다."

—녀석들의 사건을 담당할 국선변호사만 포섭해서 연락을 취하게. 사람들이 만족할 만한 사유로 죽인 것이라고 인정하도록 말이야.

"알겠습니다. 그렇게 하도록 하겠습니다. 구속된 헬하운드 부대원들은 어찌할까요?"

김정구의 의도를 알아챈 나도명은 대답과 함께 다른 문제점을 꺼냈다. 살인사건이야 앞에서 정리된다고 한들 뒤에 이들도 연결되었기 때문이다.

—D코드를 지시하게.

이번 지시에 나도명의 뒤편에 서 있던 마크와 루이스의 얼굴이 딱딱하게 굳어졌다. 그런 반응을 김정구도 봤는지 계속 말을 이어 나갔다.

—녀석들도 대업을 위한 일을 실패했단 죄책감이 있다면 책임을 져야지. 안 그런가… 마크?

"마땅히 행할 것입니다."

방금 전에 김정구가 말한 'D코드'란 헬하운드의 명령암호로 죽음이란 의미의 'Death'를 뜻했다.

말 그대로 자살을 지시하란 뜻이었다.

물론 천익의 일반요원들이야 정신교육이 덜 되었으니 힘들겠지만 헬하운드쯤되면 어떤 지시에도 목숨을 걸고 따랐다.

"지시대로 하겠습니다."

나도명이 진지한 목소리로 대답하며 대화가 끝났다. 잠시 후 화면이 꺼지자 깊은 한숨을 흘린 나도명은 의자에 주저앉았다.

"괜찮으십니까."

헬하운드의 마크가 그런 나도명을 보고 다가왔다.

"멀쩡하네. 그보다 연루되었던 녀석들은 깔끔하게 처리했겠지?"

방금 전에 김정구에게 보고했던 항만경비대 쪽의 요원들 처리를 묻는 것이다.

"완전히 갈아버려서 누구도 발견하지 못할 겁니다."

"잘 했군. 일 처리를 그따위로 했으니 마땅한 처벌을 받아야겠지."

다시 자리에서 일어난 나도명은 지시받은 대로 움직이기 위해 무거워진 발걸음을 옮겼다.

차준혁은 오랜만에 IIS서울지부를 방문해서 국장인 주상원과 함께 정보팀사무실로 들어섰다.

그 모습에 업무를 보던 정보분석팀장 한재영은 자리에서 급히 일어나 그들에게 다가갔다.

"오셨습니까."

"이번에 수고가 많으셨습니다."

그를 마주한 차준혁은 악수를 권했다. 이번에 김민우와 이해성, 헬하운드 등 세 사람을 잡는 데 정보팀이 큰 역할을 했기 때문이다.

"아닙니다. 차 대표님께서 천익을 밝혀내지 않아주셨다면 모두 불가능한 일이었습니다.

"하지만 지속적으로 감시를 해주신 덕분이죠. 이걸로 검찰의 입장에서도 천익의 흔적을 발견하게 되는 것입니다."

겨레회는 검찰과 경찰에 들어가 있었지만 아무런 흔적도 없이 수사하기가 힘들었다. 자칫 증거도 없는데 수사를 시작했다간 천익에서 겨레회의 냄새를 맡고 추적해올지도 몰랐다.

하지만 지금은 상황부터 완전히 달랐다. 해외국적을 가진 정체불명의 외국인들과 이유가 불분명한 살인 용의자들이 경찰들 손에 잡혔으니 말이다. 이제 검찰에서 특수부와 더불어 조사본부까지 꾸렸으니 흔적을 드러낼 방법만이 문제였다.

"운이 좋았던 것입니다. 애초에 겨레회와 인연이 생기지 못했다면 그렇게 하는 것도 불가능했죠."

그런 대답에 주상원이 미소를 지었다.

"허허허~! 그럼 자네와 우리를 연결시켜준 신지연 양에게 감사해야겠군요."

신지연은 차준혁과 동행하여 지금 뒤편에 서 있다가 그 말을 듣고 얼굴이 빨개졌다. 처음에는 의도적으로 접근했다가 이제 사랑하는 사이가 되었으니 요원의 입장에서 부끄러워진 것이다.

차준혁도 그 모습을 보고 웃음이 짓다가 한재영에게 시선을 돌려 오늘 방문한 용건을 꺼냈다.

"그보다 항만세관창고에 있는 컨테이너 중에 장기보관 중인 GHE상회의 소유인 컨테이너가 있다고요?"

"맞습니다. 이걸 보시죠."

대답과 함께 한재영은 컴퓨터로 다가가 화면에 관련 자료들을 띄웠다. GHE상회의 컨테이너는 한두 개가 아니었다. 목록만 봐도 대략 30개가 넘게 보관되어 있었다.

"상당히 많군요. 혹시 세관창고 CCTV는 복구가 안 된 겁니까? 그걸 본다면 어디로 돈이 움직였는지 알 수 있을 텐데요."

세관창고 CCTV 자료는 이동형이 증거 확인을 하면서 사용한 CCTV조작감별 프로그램 덕분에 확보할 수 있었다.

해당 USB와 프로그램에는 무선 랜 기능이 탑재되어 장착되는 순간 이지후의 해킹프로그램과 연동되어 모든 자료를 전송해주었다.

"화면을 완전히 덮어쓴 것인지 복구가 어렵습니다."

"흠… 난감하네요. 혹시 구역별 CCTV들을 일자 순으로 화면에 모두 띄워줄 수 있습니까?"

"혹시 저번과 같은 방식으로 확인해보실 겁니까?"

한재영은 지난번에 비밀마을 사람들을 운반하던 사건에서 차준혁이 빠른 재생으로 돌아가던 CCTV화면을 무시무시한 속도로 확인하던 것을 보았다.

물론 거기서 확실한 증거를 찾아냈었기에 인정할 수밖에 없었다.

"그때와 다르게 뭘 찾을지 모르겠지만 일단 가능한 방법부터 써봐야죠."

차준혁의 대답에 한재영은 키보드를 조작하여 모든 화면들을 CCTV로 바꾸었다. 그리고 실행만 놔두고 고개를 돌려 쳐다봤다.

"준비되셨습니까?"

"시작하시죠. 아! 혹시 몸이나 심장이 약하신 분들은 밖으로 나가 계세요. 옆에 있는 것만으로도 위험할 수 있습니다."

초감각을 최대치로 쓰기 위해서였다. 물론 그에 비례한 살기를 끌어올려야 했다.

만약 주변에 허약한 사람이 있으면 살기로 인해서 심신에 위험을 끼칠 수도 있었다.

하지만 그런 주의를 주었지만 정보팀 직원들은 꼼짝도

하지 않았다. 다들 차준혁의 CCTV확인 과정을 두 눈으로
직접 보고 싶어 했다.

"흠… 후회하지 않으시길 바랍니다. 그럼 시작합시다.
흐읍—!"

아무도 나가지 않자 차준혁은 전력으로 살기를 끌어올렸
다. 그 순간 사방으로 숨이 막힐 듯한 날카로운 공기가 퍼
지면서 사람들의 표정을 바꾸어놓았다.

동시에 한재영도 놀라면서 실행키를 눌렀다. 화면은 보
통 속도보다 10배속이나 빠르게 움직이기 시작했다.

일자별로 나눠진 화면은 구역순서대로 지나갔다. 그러
다 차준혁이 스스로 영사의 속도를 더욱 높였다.

화면만으로는 순찰 중인 경비대의 모습이 엄청난 속도로
움직이는 것만 보일 정도였다.

그렇게 사건발생 5일 전부터 시작된 영상은 약 2시간 만
에 끝났다.

"후우……."

영상이 끝남과 동시에 차준혁은 얕게 쉬어대던 숨을 깊
게 내뱉었다. 주변을 짓누르던 공기도 옅어지듯이 퍼지며
원래대로 돌아왔다.

"괜찮으세요?"

조금 떨어져 있던 신지연은 그런 차준혁이 걱정되어 급
히 다가섰다.

"멀쩡해요. 그보다 위험한 사람은 없었죠?"

차준혁은 초감각을 오로지 화면에만 집중하는데 써서 주변상황 파악이 어려웠다.

그만큼 무지막지한 살기를 내뿜은 탓에 걱정된 것이다.

"끝나고 몇 명이 주저앉기는 했지만 괜찮을 거예요. 걱정 말아요."

그녀의 말처럼 몇몇 사람이 얼토당토 않는 상황을 본 것처럼 다리가 풀려서 앉아 있었다.

"다행이네요. 그리고 의심스러운 컨테이너를 몇 개 찾아냈어요. 천익의 소속인 경비대들이 유독 잦은 순찰을 돌던 구역이 있더라고요."

설명과 함께 차준혁은 키보드를 두드려 항만세관창고의 평면도를 띄웠다.

그리고 방금 전에 발견한 의심스런 CCTV의 구역들을 표시했다.

"한 팀장님. 여기다가 찾아낸 GHE상회의 컨테이너를 표시해주실 수 있을까요?"

"지금 하는 중입니다."

한재영은 어느새 상황을 눈치채고 다른 컴퓨터를 조작하여 목록을 평면도에 대입시키고 있었다. 그러자 지도가 띄워진 화면에 GHE상회의 컨테이너들이 표시되기 시작했다.

"역시……."

30개가 넘는 컨테이너는 세관창고 이곳저곳에 배치되어 있었다. 그중에 차준혁이 찾아낸 구역 중 3곳이 크게 겹쳐졌다.

각 구역 당 GHE상회 컨테이너는 3~4개로 총 13개였다. 만약 그 컨테이너에 전부 현금들이 숨겨진 상태라면 약 1,200억 원이 넘는단 의미와 같았다.

"저곳들은 경찰에서 아직 확인하지 않은 곳이죠?"

"맞습니다. 사건의 용의자들이 예상보다 빨리 잡히는 바람에 조사를 못 한 것이라고 압니다."

차준혁은 그 돈을 어떻게든 천익이 되찾지 못하도록 만들어야 했다. 물론 그런 자금이 천익의 모든 비자금이라고 생각하지는 않았다.

지금까지 천익이 100개가 넘는 기업들을 뒤에서 조종하며 벌어들인 수익은 그보다 더 하기 때문이다. 게다가 지금은 무너져버린 기지회를 통해서도 엄청난 자금이 들어갔다. 당연히 약 1,200억 원이 비자금의 전부일 리가 없었다.

"하지만 이상하네요."

"뭐가 말입니까?"

차준혁은 고창수와 김정목이 보았던 박스로 현금이 실렸단 것을 알아낼 수 있었다.

그런데 고작 1,200억 원에 천익이 목매는 상황은 이상해 보였다.

"아닙니다. 일단 저기에 놔두도록 하죠."

생각을 하다가 얼버무린 차준혁은 대화를 이어갔다. 이에 한재영은 옳지 못하다고 생각하는지 반문했다.

"관세청을 조금만 더 들쑤시면 수입물품도 확인이 가능할 겁니다. 그럼 비자금을 정부에서 확보할 수도 있을 텐데요."

"한 팀장의 말이 맞습니다. 이대로 둔다면 녀석들은 자금을 옮겨줄 것입니다."

주상원도 한재영의 말에 동의하며 차준혁의 결정에 의아한 반응을 보였다. 그들의 말도 틀린 것은 아니었다. 천익은 사건의 수습과 더불어 비자금 확보에도 박차를 가할 것이 분명했다.

차준혁은 그들의 의문사이로 목소리를 높여 설명해 나갔다. 나름대로 떠올린 묘수가 있기 때문이다.

"지금 상태라면 천익은 잔류시킨 항만경비대를 이용해 관세청이 잠잠해짐과 동시에 자금부터 밖으로 옮기겠죠."

"그러니까 빨리 움직여야 하는 것이 아닙니까."

아까와 똑같은 설명에 주상원은 걱정하고 있었다.

이에 차준혁은 머리를 한 번 긁고 정확하게 계속 설명했다.

"바로 그게 제가 노리는 점입니다. 자금을 옮기면 어디로 옮기겠습니까? 그리고 저희는 세관창고에 있는 자금의 위치를 파악했으니 감시도 할 수 있잖습니까. 그럼 해야 할 일은 하나 뿐이죠."

"추적……!"

옆에서 잠시 생각에 잠겼던 한재영이 중얼거렸다.

그의 말처럼 차준혁은 이동할 자금이 도착할 장소를 알아낼 생각이었다.

어떤 곳에 있을지 아직은 모르지만 상당량의 자금을 보관해둔 곳일지도 몰랐다.

만약에 그곳을 찾아낸다면 천익의 자금원을 괴멸시킬 수도 있었다.

"허나 천익에서 자금을 뻔히 옮기겠습니까. 한두 푼도 아니고 1,000억이 넘는 현금을 말입니다."

다만 그 부분에서 차준혁은 뭔가 찜찜한 느낌이 들었다. 컨테이너의 수가 대략 13개였다.

물론 그 컨테이너 전부에 현금이 들었다고 확신하기는 힘들었다.

안에 얼마나 들었는지 직접 확인해봐야 했다.

게다가 13개의 컨테이너를 움직이려면 그만한 차량이 필요했다.

당연히 그만한 규모라면 어떤 상황에서든 눈에 띄게 된

다.

"우리한테는 밑져야 본전이 아닙니까. IIS에서는 항만경비대의 눈을 피해 현금이 있는지만 확인해주시면 됩니다. 아, 자물쇠를 딸 줄 아는 사람도 대동해야 할 겁니다."

모든 컨테이너에는 자물쇠가 잠겨 있었다. 그걸 절단하면 저번처럼 도둑이라 생각할 수도 있지만 그만큼 천익에서도 주의를 기울일 것이다. 흔적을 남기지 않고 깔끔하게 열 사람이 필요했다.

"무슨 말씀인지 잘 알겠습니다. 어차피 그들은 돈을 옮길 것이니 우리는 위치만 알아내면 그만이란 말씀이시군요."

"맞습니다. 그런데 IIS에 자물쇠를 깔끔하게 해체할 줄 아는 사람이 있습니까?"

그 물음에 한재영은 심각한 표정으로 컨테이너 서류를 들추며 중요한 사항을 읊어나갔다.

"일반 자물쇠라면 문제없습니다. 하지만 저희가 조사한 바에 의하면 홍콩제품인 헤비라커라는 자물쇠로 잠겨 있습니다. 그건 육각키로 전문금고털이범이 아닌 이상 열기가 어렵다고 합니다."

차준혁도 알고 있는 자물쇠 모델이었다.

IIS요원이었을 때 교육받으면서 접해봤기 때문이다.

상당히 복잡한 구조에다가 자물쇠 고리도 단단하고 두꺼

워서 절단이 어려웠다.

저번에 고창수와 김정목의 사건으로 문제가 생기면서 GHE상회가 전부 바뀌어버린 상태였다.

"여기서 그걸 열 줄 아는 분은 없습니까?"

"…없을 겁니다."

한재영은 차준혁과 눈이 마주치자 고개를 절레절레 저었다.

웬만한 일이라면 가능하겠지만 IIS에서는 아직 난이도가 높은 자물쇠 따기를 가르친 적이 없었다.

"후우… 그럼 이번 일에도 제가 나서야겠군요. 이번에도 MAD DOG팀을 움직이겠습니다."

MAD DOG팀이란 차준혁의 직속 IIS요원이었다.

물론 인원을 빌려준다는 개념이지만 IIS에서는 다른 일반팀과 다른 특수한 임무만 수행 중인 스페셜팀으로 불릴 정도였다.

국장인 주상원은 그런 차준혁의 물음에 손바닥을 내저으며 말했다.

"어차피 배진수, 유강수, 김욱현은 스스로 자청하여 차준혁 대표님의 휘하로 들어간 겁니다. 그러니 일이 있으실 때마다 말씀하지 않으셔도 됩니다."

"아무리 그래도 그럴 수 있나요. 저는 그저 IIS에 힘을 빌려드리는 입장일 뿐입니다."

"섭섭한 말씀 마세요. 어찌 그러십니까."

지난번과 마찬가지였다. 지금처럼 IIS가 천익과 천근초 위를 추적할 수 있게 된 것은 차준혁의 도움이 컸다. 물론 겨레회의 생존에도 크게 관여하고 있었다.

당연히 그들로서는 차준혁의 대답이 섭섭하게 느껴질 수밖에 없었다.

"실례가 되었다면 죄송합니다."

"아닙니다. 그런데 차준혁 대표께서는 자물쇠까지 해체하실 줄 아셨습니까?"

보통 자물쇠도 아니고 컨테이너용 중에서 전용열쇠가 아니면 풀기가 어렵다고 정평이 난 모델이었다.

"어쩌다가 익힌 기술입니다. IIS에서도 필요할 수 있을 테니 교육과정에 넣어두시죠."

"필히 검토해봐야겠군요. 하지만 지금 당장은 급한 일이니 차 대표께서 수고해주셔야겠습니다."

관세청에서 승인한 경찰의 세관창고 조사는 확실하게 풀릴 것이 아니었다.

그게 마무리만 된다면 천익은 바로 움직일 확률이 높았다. 컨테이너를 조사하려면 그 전에 움직여야 했다.

"내일 밤에 움직이도록 하죠. CCTV는 이미 장악해뒀으니 문제가 없을 겁니다."

차준혁은 그들과 남은 대화를 마치고 신지연과 함께 IIS

서울지부를 나섰다.

$$\bigcirc\!\bigcirc$$

저벅. 저벅.

항만경비대에 남아 있던 김병진은 임종수와 조를 이루어 세관창고를 순찰했다.

어둠 속에 전투화 발자국 소리가 고요하게 울려 퍼져갔다.

"…저기."

한참 동안 말이 없다가 임종수가 침묵을 깨자 김병진은 날카롭게 쳐다봤다.

"뭐?"

"윤태영 대장님 말입니다. 설마 잘못되신 겁니까?"

어느 날부터인가 그들의 책임자인 윤태영이 출근하지 않았기 때문이다. 어느 누구도 그에게 따로 연락을 받지 못해서 살짝 걱정하고 있었다.

"그 문제라면 신경 쓰지 마라."

"설마… 상부에서 처리당한 겁니까?"

오늘따라 임종수는 궁금한 것이 많았다. 믿고 따르던 사람이 갑자기 사라졌으니 당연한 반응이었다.

그 탓에 짜증이 치솟던 김병진은 그의 멱살을 잡아끌었

다.

"임종수. 뭐가 그렇게 알고 싶은 거야? 여기서 일하다 실수하면 어떻게 될지 잘 알잖아."

천익의 요원으로 훈련을 받다보면 죽음을 각오해야 한다는 것을 임종수도 잘 알았다. 김병진이나 항만경비대로 순찰 중인 다른 천익의 요원들도 그 사실을 알고 있기는 마찬가지였다.

"하지만 그게 우리 잘못은 아니지 않습니까. 거기다 김병진 부대장님이 다른 녀석을 놓치지만 않았어도… 이런 일이 생기진 않았습니다."

사실 임종수는 경찰에게 검거된 김민우와 이해성의 절친한 친구이기도 했다.

그런데 말도 안 되는 상황으로 잡힌 것으로도 모자라 상부에서 빼주질 않았다.

당연히 그의 입장에서는 모든 상황의 원인으로 생각된 김병진을 탓할 수밖에 없었다.

"마음대로 생각해라!"

김병진은 부하와의 다툼이 불필요하다고 여기면서 잡고 있던 멱살을 놓아주었다.

그리고 화가 잔뜩 난 걸음걸이로 혼자서 성큼성큼 나아갔다. 하지만 걸음을 멀리 가지 못했다. 확인해야 할 컨테이너들이 있기 때문이다.

"이상은 없군."

현금을 보관 중인 컨테이너였다.

김병진은 해당구역의 컨테이너 자물쇠와 외관의 이상 유무를 확인했다.

그리고 아무런 문제가 없자 임종수와 함께 다시 걸음을 옮겼다.

사삭. 사삭.

잠시 후 컨테이너가 잔뜩 쌓인 틈에서 네 개의 검은 그림자들이 희미하게 움직였다. 그림자들은 잠시 움직임을 멈추다가 점점 멀어지는 김병진과 임종수의 뒷모습에 머리를 모았다.

"영상으로 파악한 순찰주기라면 15분 후에 다른 조가 이쪽으로 오겠군요."

캄캄한 어둠 속에서 낮게 가라앉은 차준혁의 목소리가 울렸다. 그 옆에는 배진수, 유강수, 김욱현이 전투복과 복면을 쓴 얼굴로 쪼그려 앉아 있었다.

"작업을 하시는 동안 주위는 저희가 살피겠습니다."

"그럼 부탁드립니다."

대답을 마친 차준혁은 방금 전에 김병진과 임종수가 확인했던 컨테이너로 다가섰다. 그리고 품속에서 열쇠를 따는 도구들을 꺼내서 세팅했다.

"시작합니다."

그 말과 동시에 3명의 요원들은 어둠 속에서 사방으로 흩어져 망을 보았다.

찰칵! 찰칵!

'하필이면 헤비라커라니 오랜만에 따보는데 제대로 될지 모르겠어.'

자물쇠 피킹도구를 이리저리 움직이던 차준혁은 살짝만 일으킨 살기와 함께 초각감으로 촉각을 예리하게 만들었다.

그러자 도구를 쥔 손끝으로 자물쇠 걸쇠의 느낌이 더욱 확실하게 느껴졌다.

'여기군.'

결국 자물쇠 해체는 손끝의 감각으로 해결하는 방법뿐이었다.

초감각으로 몇 배나 증폭시킬 수 있었던 차준혁은 문제없이 자물쇠를 열 수 있었다.

찰카닥—!

'됐다!'

자물쇠를 해체하고 컨테이너 문이 조심스레 열렸다.

안은 달빛이 희미하게 비추는 바깥보다 캄캄했지만 초감각을 유지 중인 차준혁의 눈에는 내부의 화물들이 명확하게 보이고 있었다.

컨테이너 안에는 두꺼운 나무로 만든 상자들이 빼곡하게 세워진 상태였다. 그걸 본 차준혁은 안으로 들어가 나무상자 하나를 조심스럽게 뜯어보았다.

우지끈……!

상자에는 GHE상회에서 수입하는 외국식품회사의 제품들이 들어 있었다.

그걸 확인한 차준혁은 숨겨둔 것이라 생각하고 다음으로 깊은 구석에 있는 박스를 뜯어보았다.

우지끈……!

'역시 현금이 실려 있었어.'

상자를 일반 제품과 섞어둔 것이다. 지금 상자의 크기라면 1박스당 10억 정도가 들어 있었다.

계속해서 상자를 확인하던 차준혁은 IIS에서 수집한 GHE상회 컨테이너 무게가 생각났다. 거기서 컨테이너 자체 무게가 약 3T.

안에 적재된 제품을 포함한 현금과 박스 무게를 더하면 현재 무게를 대략 알 수가 있었다.

그런데 서류에 기록된 무게는 그보다 높게 적혀 있었다.

'뭔가 이상한데…….'

차준혁은 한재영과 이번 일에 대해 이야기를 나누면서 느꼈던 찜찜함이 더욱 커졌다. 그런 이유로 돈이 들어 있던 박스를 옆으로 차곡차곡 내리고 맨 아래의 박스를 열어

보았다.

"이건……!"

나무상자의 맨 위에는 GHE상회의 수입제품이 깔려 있었다. 그런데 무게가 심상치 않아 안을 뒤져보니 1kg크기의 금괴들이 잔뜩 깔려 있었다.

위장된 부피를 제외하고 한 상자에 200개 정도가 바닥으로 깔린 것이다.

금액을 계산해본다면 1kg 금괴 하나당 약 5,000만 원. 200개면 상자 1개당 100억이라는 의미였다. 그런 박스는 한두 개가 아니었다.

현재 컨테이너에서 20박스나 발견이 되었다. 만약 다른 12개의 컨테이너에도 같은 방식으로 금괴가 깔려 있다면 대략 5조 2,000억에 달할 것이다. 당연히 엄청난 금액일 수밖에 없었다.

"마스터. 오래 걸리십니까?"

10분 정도가 지났음에도 차준혁이 나오지 않자 유강수가 들어와서 물었다.

"이리 와보세요."

다른 요원들에게도 직접 확인시켜줄 필요가 있어서 뜯은 것이다. 그 부름에 유강수는 안으로 들어와 금괴를 목격하게 되었다.

"어떻게 이런……."

뒤를 이어 들어온 김욱현도 놀랄 수밖에 없었다. 특히 마지막으로 보게 된 배진수는 사태의 심각성을 알아채고 더욱 조심스러워졌다.

"돈이 전부가 아니었군요."

"이래서 천익이 사건을 무리하게 마무리 지으려고 했던 겁니다. 헬하운드까지 쓰면서 말이죠. 거기다 이것이 전부가 아닐 겁니다. 컨테이너가 12개가 더 있으니까요."

"설마 거기에도 전부 금괴가 들어 있을까요?"

지금 파악된 금괴만 해도 약 2,000억 원이 넘었다. 초반에 파악했던 1,200억 원보다 2배가량이나 되었으니 의심이 생긴 것이다.

"아마도 그럴 겁니다. 그렇지 않고서야 천익의 요원인 경비대원들이 주기적으로 순찰을 돌 리가 없으니까요."

차준혁은 대답을 하면서 박스들을 다시 정리했다. 그리고 허리 뒤쪽에 차고 있던 가방에서 손바닥 크기의 기기를 꺼내 박스 안쪽 깊숙이 넣었다.

아직 순찰이 오직 전이었기에 컨테이너 문을 다시 잠근 후 다른 컨테이너를 뒤지러 다가갔다.

─순찰이 옵니다.

어느새 15분이 지났는지 높은 곳에서 망을 보던 유강수가 무전기로 조용히 중얼거렸다. 그 순간 다른 이들은 어둠속으로 몸부터 급히 옮기고 숨을 죽이고 있었다.

저벅. 저벅.

이번 순찰도 천익과 연결된 블루세이프티 출신의 경비대원들이었다. 그들은 차준혁이 깔끔하게 잠가둔 자물쇠들을 확인하고서 걸음을 옮겼다.

다시 안전이 확보되자 차준혁은 다른 컨테이너들을 빠르게 확인해가면서 아까와 같은 준비한 기기들을 박스에 숨겨두었다.

물론 틈틈이 CCTV를 장악한 이지후에게서 무전을 받았다. 그 덕분에 항만경비대를 완벽하게 피해서 움직일 수 있었다.

"이제 전부 된 겁니까?"

마무리가 되어가자 배진수가 다가와 물었다. 13개의 컨테이너에는 차준혁의 예상대로 전부 금괴들이 들어 있었다.

그렇게 찾아낸 금괴와 현금은 모두 5조 3,000억 원으로 추정되었다. 천익이 상당한 세월 동안 차곡차곡 모아온 비자금이었다.

"끝난 것 같습니다. 이만 돌아가도록 하죠."

다들 어둠 속으로 몸을 옮겨 그 어떤 흔적도 남기지 않고 사라졌다.

어느 날 아침이었다. 박광록은 황당한 전화를 받고 얼굴이 붉으락푸르락해졌다. 그만큼 화를 솟구치는 일을 전해 들었기 때문이다.

"무슨 일 있어?"

사무실로 들어서던 강혜는 그 모습을 보고 분위기가 심각하단 것을 느꼈다.

"미치겠네!"

"왜 그러는데?"

"병원에 있던 두 녀석이 자살을 했대."

차준혁과 싸우다 큰 부상을 입게 된 토미와 에드윈을 말함이었다. 거기다 그들은 이름도 밝히지 않았다. 계속 묵비권을 행사했기에 경찰에서도 그들의 이름조차 몰랐다. 당연히 강혜도 그 말을 듣고 놀랄 수밖에 없었다.

"뭐…? 하지만 어떻게? 두 사람은 몸도 제대로 못 가눴잖아."

에드윈은 갈비뼈와 오른팔 팔꿈치, 왼쪽 손목이 부러졌다.

토미는 양 어깨가 탈구되면서 근육이 심하게 늘어나 2개월은 팔을 쓰기가 어려웠다. 게다가 양쪽 무릎까지 골절되어 사지 자체를 움직이기가 불가능했다.

"새벽에 스스로 혀를 물고서 죽었다네. 정체가 뭔지 진짜 미친놈들이야…….”

혀는 신경이 예민한 신체 부위 중 하나였다. 그만큼 통증을 느끼기가 쉬우니 깨무는 것 자체에 엄청난 각오가 필요했다.

다만 사인(死因)은 과다출혈이 아닌 잘리고 남은 혀가 말려 올라가면서 기도를 막아 발생하는 질식사였다.

“뭔가 밝힐 수 없는 것을 알고 있었던 건가?”

“아마도 김민우와 이해성을 죽이려한 이유 때문이겠지. 그보다 구치소에 수감 중인 다른 녀석도 확인해야겠어. 넌 1팀장님한테 말해서 빨리 현장으로 가봐.”

자살한 두 사람보다 부상이 적었던 브루스는 검찰 특수부로 넘어간 상태였다. 그러나 신원조회가 되지 않고 침묵만 일관하여 수사에 진척이 없었다.

강혜는 그런 박광록의 말을 듣고 급히 발걸음을 옮겼다. 그사이 박광록은 내려놨던 전화기를 들고 검찰 특수부번호를 눌렀다. 잠시 후 특수부 유태진 부장검사가 전화를 받았다.

—예. 중앙지검 특수부 유태진입니다.

아직 소식을 듣지 못했는지 그의 목소리는 평소와 다를 바가 없었다.

“부장검사님. 경찰청 수사 1과장 박광록입니다. 방금 전에 병원에서 연락을 받았는데 입원 중이던 용의자 둘이 혀를 물고 자살했답니다."

—뭐요……?

황당한 소식에 박광록과 마찬가지로 유태진의 목소리도
차갑게 굳어졌다.

"일단 수사 1팀을 보내서 조사를 해봐야 하겠지만 현장
을 발견한 의사의 소견으로는 순수한 자살로 추정된다고
합니다."

—하지만 경찰에서 병실을 지키고 있지 않았습니까. 그
과정을 알아채지 못한 겁니까?

혀를 깨무는 상황에서는 어떻게든 신음소리나 비명이 흘
러나올 수밖에 없었다. 만약 아무런 소리도 듣지 못했다면
당사자가 통증을 참아냈단 의미였다.

"상황을 파악하고 직접 보고서를 올리겠습니다. 그보다
검찰에서 조사 중인 한 녀석을 잘 지켜야 할 것 같습니다.
만약 녀석도 다른 녀석들처럼 자살이라도 한다면……."

박광록은 놀라고 있던 유태진의 물음 탓에 이제야 본론
을 꺼낼 수 있었다.

—아! 그렇겠군요. 바로 확인해보겠습니다. 경찰 측에서
는 조사가 되는대로 보고서를 올려주세요.

신원이 확인되지 않던 세 사람은 중요한 용의자였다. 실
탄과 소음기가 장착된 총기까지 소지하고 병원에서 살인
을 저지르려 했으니 말이다.

게다가 목표는 고창수와 김정목 살인사건과 관계된 김원규를 죽이려 했던 김민우와 이해성이었다. 사건 정황만 본다면 누구도 모르는 커다란 배후가 있다고 여길 수밖에 없었다.

  통화를 끝낸 박광록은 머리를 박박 긁으며 의자로 풀썩 주저앉았다.

  그리고 땅이 꺼져라 한숨을 내뱉고는 사건자료가 붙어 있던 화이트보드를 쳐다봤다.

  이번 사건의 관계자 중에 방금 전 자살했다고 한 사람들 위로 커다란 물음표가 그려져 있었다.

  "뭐가 무서워서 자살한 거냐. 아니면 누군가에게 지시라도 받은 건가?"

  혼자서도 아니고 두 사람이 동시에 자살했다. 공포라고 하기보다는 명령이 있었다고 생각되었다.

  "뒤에 누가 있는 거지……?!"

  미간이 찌푸려진 박광록은 화이트보드의 물음표가 뚫어지도록 주시했다.

  그 시각 구치소에서도 난리가 벌어졌다. 사건의 심각성 때문에 독방으로 배정했던 용의자가 창살에 목을 맺기 때문이다.

  "여기 사람이 죽었다! 누구든 빨리 와봐!"

구치소 교도관이 아침식사를 내려놓다가 창살에 매달린 시신을 발견했다. 그의 외침에 바깥에 있던 동료들이 줄줄이 들어와 시신을 보고 놀랐다.

"허억!"

"빨리 들어가서 확인해봐!"

아래로 축 처진 시신의 팔다리는 움직이지 않았다. 안으로 들어간 교도관들은 그걸 보고 더 이상 말을 잇지 못했다. 이미 숨은 끊어졌단 걸 알았기 때문이다.

"젠장……."

몇몇 교도관들은 그렇게 벌어진 광경을 보고 욕을 내뱉었다. 검찰 쪽에서 유심히 살피라고 했던 것을 간과한 탓이다.

물론 그들도 처음에는 시신이 된 브루스를 잘 살폈다. 그러다 한마디 말도 없이 침묵만 일관하는 것을 보고 안심하고 있었다.

그때 옹기종기 모인 교도관들 중에 한 사람이 뒤로 몰래 빠져나갔다.

급히 탈의실로 돌아가 자신의 라커룸을 열고 메시지를 하나 보냈다.

[처리되었습니다.]

많은 의미를 담은 메시지였다. 그와 동시에 교도관의 핸드폰으로 답장 메시지가 도착했다.

[XX공원 XX동상 아래. 카드비밀번호 XXXX]

교도관은 그 문자를 보고 미소가 지어졌다. 고작 의미모를 내용이 적힌 쪽지 하나를 건네주고서 얻게 된 이득이었다.

"세 사람이 모두 자살을 했다고요?"
차준혁은 자신의 사무실에서 한재영 팀장의 연락을 받으며 벌떡 일어났다.
그로 인해 검토 중이던 서류가 뿌려지면서 책상 위로 흩어졌다.
─입원 중이던 토미 리브스와 에드윈 킴은 혀를 물었고, 구치소에 수감 중이던 브루스 커티스는 목을 매었다고 합니다.
그들의 이름은 천익에서 빼온 정보를 통해 알아낼 수가 있었다. 차준혁은 그런 설명에 다시 의자로 주저앉았다.
"김민우와 이해성은 괜찮은 겁니까?"

—다행히 그들에게는 문제가 없습니다. 하지만 살인교사로 천익의 정체를 드러내게 만들 용의자들이 죽었으니 큰일입니다.

한재영의 말대로 중요한 흔적을 어이없게 놓치고 말았다. 그만큼 헬하운드 3명은 천익의 정체를 세상에 드러내는데 막중한 역할을 가지고 있었다.

"이미 엎어진 상황을 어찌할 수는 없겠죠. 대신에 어떤 이유로 죽었는지는 밝혀내야 합니다."

—어떻게 말입니까? 요원들의 보고로는 그들을 만나려던 사람이 없었습니다.

IIS에서는 그들이 있던 병원과 구치소를 감시하고 있었다. 천익에서 뭔가 지시를 내리기 위해 접촉해올지 몰랐기 때문이다.

하지만 지금까지 어떤 소식도 전해지지 않은 상태에서 지금과 같은 일이 벌어졌다. 그렇다면 감지하지 못한 방법으로 그들에게 자살지시가 내려졌을 확률이 있었다.

"안에 있는 사람을 포섭했을 수도 있죠. 그게 제일 가능성이 높을 겁니다."

—하긴 병원과 구치소의 사람들이라면 충분한 가능성이 있겠군요.

의사나 간호사 및 구치소 관계자라면 당사자들과 문제없이 접촉할 수 있었다. 물론 천익도 흔적은 최대한 남기지 않을 테니 당사자들을 담당한 사람과 접촉하지는 않았을 것이다.

"사건발생을 기점으로 거액을 받게 된 사람이 있을 겁니다. 검찰에서 그들부터 찾아내게 만들어야죠."

—하지만 아직 검찰은 그들의 정체도 모릅니다. 저희가 알려줄 수는 없지 않습니까.

헬하운드의 정보는 천익에서도 S급에 속했다. 그만큼 철저하게 보관되던 것을 차준혁이 고생하여 통째로 빼와서 알아낼 수 있었다.

게다가 정보가 검찰로 들어가면 추적을 당한다. IIS와 겨레회는 그런 위험을 감수할 수가 없었다.

"아직 사건은 경찰청 수사 1과에서 맡고 있습니다. 제가 방법을 찾아서 흔적을 쫓도록 만들어보죠. 대신에 세관창고의 일은 IIS에서 맡아주셔야 합니다."

—흠… 알겠습니다. 일단 국장님께 보고를 드리고 진행상황이 생기면 따로 전해드리겠습니다.

차준혁은 통화를 마치고서 한숨이 흘러나왔다. 그러나 쉴 새도 없이 핸드폰에 박광록의 이름이 떴다.

"전화 바꿨습니다."

—준혁아! 큰일이다! 아침에 병원이랑 구치소에서…….

대답과 함께 박광록은 당혹스런 목소리로 방금 전에 차준혁이 한재영에게 들었던 상황들을 줄줄 읊기 시작했다.

그들에게도 중요한 용의자가 자살한 상황이 문제였다.

"무슨 말씀인지 알겠습니다. 바로 경찰청으로 가도록 하겠습니다."

연이은 통화를 마친 차준혁은 책상 위로 퍼진 서류부터 정리하고 일어났다. 그리고 재킷을 입고 혹시나 챙겨놓은 서류봉투를 챙긴 후에 사무실 문을 열고 나섰다.

"어디 가시게요?"

오늘 일정에서는 차준혁의 외부업무가 없었다. 그런데 스케줄을 정리하던 신지연은 갑자기 차준혁이 나오자 깜짝 놀라면서 물었다.

"중요한 일이 생겨서 경찰청에 들어가야 해요."

그의 표정이 심각하자 신지연도 재킷과 가방을 챙겨들었다. 어떤 경우든 같이 움직이기로 한 것이라 동행하기 위해서였다.

"빨리 가도록 해요."

다른 비서들은 그런 두 사람이 엘리베이터로 올라타는 것을 지켜보았다.

박광록은 경찰청 정문 앞으로 급한 걸음을 옮겼다. 그러다 바깥에서 들어오는 차준혁의 차를 보고 급하게 계단을 걸어 내려갔다.

"자살한 사람들의 정황은 파악이 된 겁니까?"

차에서 내린 차준혁은 곧장 중요사항부터 확인했다.

"일단 검시관 말로는 자살이 확실하대. 그런데 가만히 있던 녀석들이 왜 그런 짓을 한 건지……."

"그게 문제가 아닙니다. 어떻게 동시다발로 그런 일이 벌어졌냐는 것이죠."

병원에 있던 두 사람과 구치소의 한 사람을 접촉할 방법이 없었다. 그런 상황에서 비슷한 시간에 자살을 시도하기란 불가능에 가까웠다.

"설마 누군가 시켜서 그랬단 거야?"

그런 설명에 박광록도 상황을 짐작해봤다. 하지만 그가 알기에도 용의자들과 만난 사람은 없었다. 당연히 지시를 내릴만한 상황이 존재하지 않았다.

"일단 추측만 그렇습니다. 총까지 사용한 녀석들이 자발적으로 자살을 할 리가 없잖습니까."

"어떤 배후가 있단 거야?"

"일단은 안으로 들어가서 이야기하죠."

경찰청 주변에는 보고 듣는 사람들이 많았다. 그래서 지금도 조용히 말하는 중이지만 더욱 조심할 필요가 있었다. 안으로 들어가자 분위기가 무겁게 가라앉아 있던 수사 1팀원들이 차준혁을 보았다.

"왔냐?"

"그래. 갑작스런 일 때문에 고생이 많다."

이동형의 물음에 차준혁은 손을 들어 보이면서 화이트보

드 앞으로 다가섰다. 지금까지 그들이 조사한 수사진행 상황을 파악하기 위해서였다.

'일단 수사 1팀에서도 헬하운드의 배후에 대해 의문을 가지기 시작했구나.'

화이트보드의 중앙 끝에는 동그라미 안으로 커다란 물음표가 그려져 있었다.

바로 그곳으로 차준혁의 시선으로 향하자 수사 책임자인 1팀장 문홍진이 옆으로 다가섰다.

"저희들이 수사한 상황으로는 고창수와 김정목 살인사건에 다른 배후가 있는 것 같아서 말입니다. 혹시… 차 대표님께서도 짐작하고 있으셨나요?"

조심스런 그의 물음에 차준혁은 고개를 끄덕였다.

"의문점이 많아서 생각만 하고 있었습니다. 솔직히 총기를 취급할만한 범죄자가 어디 흔하겠습니까."

한두 명도 아니고 모두 5명이나 검거되었다. 그중에 3명은 자살했지만 아직 2명이 남아 있었다. 절대로 그들이 잘못되지 않도록 만들어야 했다.

"그것만으로는 짐작하기 힘들지 않습니까."

"사실 해외로 그들에 대해 알아보다가 알아낸 것이 있었습니다. 자료가 너무 늦게 도착해서 이제야 전해드리게 되었습니다."

차준혁은 자신의 사무실에서 챙겨온 서류봉투를 문홍진

에게 내밀었다.

"이게 정말입니까?"

서류의 내용을 확인한 문홍진은 깜짝 놀랐다. 이에 주변에서 옹기종기 서 있던 다른 팀원들도 그의 옆으로 모여들어 내용을 보았다.

"세 사람이 전직 군인? 거기다 해외에서 용병생활을 했단 말이야?"

이동형이 서류의 내용을 크게 읽었다. 다들 그 말처럼 서류를 확인했기에 심각한 표정을 짓고 있었다.

"차 대표님. 이게 정말입니까? 그런데 이런 정보를 어디서 구하신 겁니까?"

어떤 증거든 출처가 중요했다.

그렇기에 문홍진은 마냥 놀라워만 하지 않고 그 부분에 의문을 가졌다.

물론 차준혁도 그 질문을 예상하고 있었다. 거기다 그런 부분 때문에 서류를 만드는 작업이 지체된 것이기도 했다.

"출처는 미토스 코퍼레이션입니다. 맨 뒷장을 보시면 해당 기업에서 증거자료로 인정하는 서류도 있습니다."

다들 해외용병파견 기업이자 거대 군수방위산업체인 미토스를 잘 알았다. 그래서 차준혁의 말대로 서류 맨 뒷장을 확인하니 자료증빙에 대한 확증내용을 찾을 수 있다.

"거기서 아무런 조건도 없이 이런 서류를 줬단 말입니

까?"

"그럴 리가 있나요. 하지만 조건내용은 기업비밀이니 궁금해 하지 않으셨으면 합니다."

차준혁은 주의와 함께 손가락을 들어 입으로 가져갔다. 기업 대 기업으로 거래를 한 것이니 다른 사람들이 알아서는 안 되기 때문이다.

'뭐 듀케이먼으로서는 거래에 응할 수밖에 없는 조건이었긴 했지.'

처음에는 차준혁도 확신을 가지고 듀케이먼에게 물어봤던 것이 아니라 큰 기대를 하지 않았다.

그러나 미토스는 용병파견을 주로 하고 있던 덕분에 용병으로 일했던 브루스, 토미, 에드윈의 신원정보를 가지고 있었다.

물론 공짜는 절대로 아니었다. 차준혁은 신원정보를 받게 된 대가로 서라운드 스코프라 불리는 기술을 넘겨주었다.

저격에 사용되는 스코프 기술로 렌즈 안쪽에 초소형으로 제작된 레이저 집음기 장치를 장착하여 소리까지 들을 수 있었다.

실제 미래에서 2009년에 미국 군수방위업체 풀라칸에서 개발하여 사용화도 되었다. 표면적으로 보면 엄청난 기술이지만 엄청난 결함이 한 가지 있었다. 그건 특정주파수

대의 무전기가 근방에 있으면 스코프가 통째로 고장 난다는 것이다.

'미토스에서 1년 뒤에 개발을 성공한다고 해도 얼마 써먹지 못하겠지.'

생각에 잠겨 있던 차준혁은 자신도 모르게 미소가 지어졌다. 해당 특수주파수 무전기는 원래 미래대로라면 2년 뒤에 다른 기업에서 실용화하기 때문이다.

그런 문제로 인해서 원래 개발을 성공했던 풀라칸이란 기업도 당시에는 엄청난 손해를 입었다. 지금대로라면 미토스가 풀라칸을 대신해 손실을 입게 된다.

'이게 꿩 먹고 알 먹고지.'

옆에 서 있던 신지연은 갑자기 히죽히죽 웃어대는 차준혁을 보고 옆구리를 찔러댔다.

"뭐가 그렇게 기분이 좋으세요?"

"아, 아니에요. 그보다 뒤늦게라도 신원을 알았으니 자살한 사람이라도 흔적을 추적할 수 있겠죠?"

서류에는 세 사람의 이름과 다른 정보들이 기재되어 있었다. 거기에 국적도 대한민국이 아닌 타국이란 것도 알았으니 공항의 입국기록도 확인할 수 있었다.

"바로 확인해보도록 하죠. 하지만 외국인이라면 경찰에서 조사하는데도 한계가 있습니다."

"입국한 후에 흔적만 추적해도 한국에서 뭘 했는지 확인할 수는 있지 않겠습니까."

그 점이 차준혁이 노린 수였다. 다만 당사자들이 살아 있었다면 더욱 수월했을 것이다. 물론 이미 죽은 사람들을 탓할 수는 없겠지만 안타까운 것은 어쩔 수 없었다.

"알겠습니다. 덕분에 사건수사의 숨통이 트였습니다. 다들 확인하러 가지! 아! 안 형사는 검찰특수부에 들러서 공항쪽으로 필요한 협조공문 좀 받아와!"

문홍진이 소리치자 다른 팀원들은 모두 그의 뒤를 따라 나갔다. 사무실에 남게 된 차준혁과 박광록, 신지연은 잠시 조용해졌다. 그러다 박광록이 먼저 입을 열었다.

"혹시 사건 때문에 미토스에다가 엄청난 기업정보라도 넘겨준 것 아니야?"

"어차피 저희한테는 필요없는 거였습니다. 그보다 우리는 시신을 확인하러가죠. 일제히 자살을 한 것이니 어디든 흔적이 남았을지 몰라요."

세 사람은 그렇게 밖으로 나가서 차로 올라탔다.

같은 시각 천익의 홍주원 이사는 경찰청에 심어둔 첩자를 통해 헬하운드의 정보가 드러났단 것을 알아냈다. 절대로 들킬 일이 없다고 여겼다가 드러나 버렸으니 놀랄 수밖에 없었다.

그 때문에 홍주원은 곧바로 듀케이먼에게 전화부터 걸어

고래고래 소리를 질렀다. 그와의 관계상 쉽지 않은 행동이었지만 그만큼 문제가 되었다.

"듀케이먼 회장님! 어떻게 저희한테 이러실 수 있습니까! 헬하운드 부대원의 정보를 넘겨주다니요!"

─저희야 기존에 가지고 있던 정보를 넘겨준 것뿐입니다. 천익의 소속이었는지는 전혀 몰랐습니다.

거리낌 없는 그의 목소리에 홍주원은 미간을 찌푸렸다. 물론 틀린 말도 아니었기에 그 이상 뭐라 말하기도 힘들었다.

"……."

─아무튼 난 기업 간에 거래를 했을 뿐입니다. 그리고 듣자하니 이미 죽은 녀석들이던데 뭐가 문제입니까? 혹시 천익에서 켕기는 짓이라도 하셨습니까?

비꼬아대는 그의 목소리가 홍주원의 복장을 뒤집어놓았다. 자칫 이번 일로 검찰과 경찰에서 냄새를 맡게 될 수도 있었다. 일단 헬하운드가 입국한 이후부터의 흔적을 지워놔야 했다.

"나중에 다시 전화 드리겠습니다."

통화를 마치자 맞은편 소파에 앉아 있던 나도명의 얼굴에 어둠이 내려앉았다.

"매우 좋지 못한 소식이로군요. 거기다 차준혁 대표가 특별수사고문을 맡고 있으니 골치 아픈 일이 늘어나는 듯싶습니다."

고창수와 김정목 살인사건은 검찰 특수부에서 김민우와 이해성을 기소하는 방향으로 흘러가고 있었다. 그런데 경찰청 수사 1팀에서 사건을 놓지 않아 천익에서도 고심이 많았다.

"경찰출신인 탓인지 상당히 끈질깁니다."

"그렇다고 외국기업에 신원조회를 의뢰하여 알아내다니요. 만만치 않아 보입니다."

"아마도 특별수사고문이란 위치 때문이라 생각됩니다. 사람들의 이목이 집중된 만큼 그가 관여하고 제대로 해결되지 못하면 실망감만 줄 테니 말입니다."

모이라이는 그들의 입장에서 볼 때에 급성장 중인 기업일 뿐이었다. 어떤 측면에서도 천익을 직접적으로 위협한 정황이 없으니 연관을 짓기 힘들었다.

"혹여 차준혁 대표가 우리를 몰아넣는 조직과 관계된 것은 아닐런지요. 홍 이사께서는 어떻게 생각하십니까?"

"하지만 차 대표가 무엇 때문에 저희를 몰아세우겠습니까. 일단 저희와 아무런 관련이 없습니다. 그간 조사한 사항에서도 이상한 점은 없었습니다."

나도명도 저택으로 올라왔던 차준혁의 서류를 확인했다. 당시에는 전혀 문제가 없었다고 여겼다. 그런 부분만 본다면 누구도 의심하기가 어려웠다.

"저도 잘 압니다. 허나 상황이 상황인 만큼 차준혁 대표를 좀 더 확실하게 조사해볼 필요가 있겠군요."

"하지만 지금은 세관창고에 보관해둔 물건들부터 빼놓는 것이 급선무입니다. 관세청도 슬슬 잠잠해졌으니 빨리 움직여야 하지 않겠습니까."

천익에서 관제창고에 숨겨둔 자금은 금괴만으로 5조 원이 넘었다. 오랫동안 수많은 기업체와 기지회에서 행한 불법적인 사업으로 벌어들인 돈을 상납 받아오며 모아온 돈이었다. 그중에 큰 부분을 차지한 5조 원 상당의 금괴는 절대로 놓칠 수가 없었다.

"방법은 강구해둔 것입니까?"

"이미 세관직원들은 모두 포섭해뒀습니다."

어차피 천익은 금괴와 현금을 빼돌려 아무도 모르는 곳에 꽁꽁 숨겨둘 생각이었다. 사건이 진행되는 동안 적당한 자리도 알아봐뒀기에 운반만 마치면 문제가 없을 것이라 여겼다.

"지난번에 말한 장소로 옮기겠군요."

장소에 대해서는 나도명도 들었다. 물론 은밀함과 안전성에 대해서도 완벽하게 검사를 마친 상태였다.

"차준혁 대표에 대해서는 어떻게 하시겠습니까?"

홍주원은 시급한 문제부터 해결하길 바랐다. 이에 나도명은 고개를 저으며 천천히 입을 열었다.

"그는 제가 따로 조사하도록 하지요. 남은 헬하운드만 붙여 놓도록 하겠습니다."

"마크와 루이스를 말입니까?"

두 사람은 천익의 요원들보다 나이가 많았지만 실력이나 경험 면에서는 누구보다 뛰어났다.

"자금수송에 요원들을 동원할 것이지 않습니까. 굳이 그들까지 끌어다 쓸 필요는 없지요."

"알겠습니다. 만약 인원이 필요하시면 언제든 말씀해주시면 됩니다."

대화를 마친 홍주원은 계획한 자금운송을 실행하기 위해서 움직였다.

캄캄했던 어둠이 밝아지며 차준혁의 눈앞으로 쇠창살이 보였다. 구치소에서 자살한 브루스의 인생을 엿보는 중이었다.

간수 한 사람이 그가 있는 방으로 다가오더니 식사를 내주었다. 그러면서 밥이 담긴 쪽을 슬그머니 손가락으로 가리켰다. 브루스는 그걸 확인하자 밥을 뜨는 척하면서 조그맣게 접힌 쪽지를 꺼내들었다.

One Day N S D

'아까와 같은 암호인데 무슨 의미인 거지?'

차준혁은 앞전에 토미와 에드윈의 기억도 확인했다. 거기서 보았던 암호와 똑같은 내용이 쪽지에 적혀 있었다.

내용을 확인한 브루스의 표정이 굳어지더니 쪽지부터 목구멍으로 삼켰다. 그리고 식사를 깔끔하게 해치우고 다시 침묵을 이어갔다.

'무슨 의미인 거지?'

처음 보는 암호방식에 차준혁은 그의 인생을 지켜보면서 생각에 잠겼다.

시간은 계속 흘러갔다. 그러다 새벽이 찾아오자 밖으로 개짖는 소리가 들려왔다. 브루스는 그 순간 눈을 뜨더니 계속 앉아 있던 몸을 일으켰다.

뒤로 이어진 행동은 차준혁도 알고 있었다. 윗도리를 찢어 밧줄로 만들어 창살에 걸고 목을 매달았다.

'그러고 보니 토미와 에드윈이 죽었을 때는 누군가 바깥 복도에서 뭔가를 떨어뜨렸어. 설마 신호로 자살할 시간을 지시한 것인가?'

구치소에는 시계가 없었다. 물론 두 사람이 있던 병원에서도 경찰들이 시계를 떼어낸 상태였다.

그걸 알고 있다면 자살지시에 시간은 필수사항이 되었

다. 시간이 맞지 않아 죽는 시각이 다르면 다른 쪽이 실패할 수 있기 때문이다.

'비슷한 시간에 들린 소리가 신호였던 거야.'

암호의 내용도 유추하여 'S'가 신호란 의미인 Signal이란 것을 알아낼 수 있었다.

라이브 레코드를 마친 차준혁은 신지연과 같이 시신을 확인하던 박광록에게 다가갔다.

"박 과장님. 구치소의 교도관들과 병원의 관계자들을 확인해봐야 할 듯싶습니다."

"그 사람들은 왜?"

"세 사람의 사망시간이 비슷한 것이 걸려서요. 누군가 지시를 내린 것 같습니다."

그런 대답에 박광록도 이상하게 생각했는지 놀라지 않고 있었다. 솔직히 바보가 아닌 이상에야 지금과 같은 상황을 우연이라고 보기는 힘들었다.

"하지만 직접 구치소와 병실을 지켰던 사람들에게서는 아무것도 나온 것이 없었어. 수상한 점도 없었고 말이야."

"식사를 넘겨줬던 사람도 확인했습니까?"

예상치 못했던 방향인지 박광록은 고심하면서 턱을 쓰다듬다가 깜짝 놀랐다.

"그 사람들은 아직일 거다."

"확인해봐 주세요. 다만 내놓고 확인하기보다 수상한 행

적이 있었는지 먼저 부탁드려요."

차준혁은 그렇게 말하고 진동 중인 핸드폰을 꺼내들었다. IIS의 중간연락책을 맡고 있는 주경수에게 온 전화였다.

"경수야. 무슨 일이냐?"

—IIS에서 추적기의 움직임이 감지되었다고 합니다.

"그래?"

천익은 관세청과 경찰의 관심이 완전히 끊어지자 금괴를 움직이기 시작한 것이다. 그러나 차준혁이 일전에 창고로 숨어들어 금괴를 확인하고 추적기를 상자에다가 심어두었다. 그 덕분에 IIS에서 금괴가 실린 컨테이너의 움직임을 확인할 수 있었다.

—세관직원들을 미리 포섭해뒀는지 대충 확인만 하고 내보내고 있답니다.

"잘 부탁한다고 전해줘."

통화를 마치자 옆에 서 있던 박광록은 업무전화로 이해하고 물었다.

"바쁜 와중에 우리 사건까지 맡아주느라 무리하는 것 아니냐?"

"아니에요. 중요한 살인사건이니 제대로 확인해야 저도 발 뻗고 자죠."

처음에는 그저 그런 살인사건인 줄 알았던 사건이 천익

의 목덜미를 제대로 물고 있었다. 차준혁도 그 사실을 잘 알기에 어떤 식으로든 확실한 수사를 진행해야 했다.

"나야 그렇게 생각해주면 고맙지."

시신확인을 마친 세 사람은 그대로 안치실을 나왔다. 차준혁은 신지연과 함께 모이라이로 돌아가기 위해 차를 몰았다.

"…응?"

도로를 타고서 달리던 중에 사이드미러로 비춰지는 차들 중 한 대가 이상한 움직임을 보였다. 보통사람이 보면 별다른 것이 없지만 가끔씩 차선을 바꿀 때마다 시선이 느껴지고 있었다.

"왜 그래요?"

묘해진 차준혁의 표정 탓인지 신지연이 궁금증을 가지고 물었다.

"우리한테 미행이 붙은 것 같아요."

"미행이요?"

그녀가 고개를 돌리려 하자 차준혁은 급히 막았다.

"돌아보지 말아요. 일단 확인을 해보죠."

대답과 함께 차준혁은 차선부터 바꾸면서 차량을 우회전시켰다. 그런데 이상한 느낌이 들던 검은색 차량은 따라오지 않고 그대로 직진했다.

"지금도 따라와요?"

"아니요."

분명 미행의 느낌이었다. 차준혁은 찜찜한 기분을 가지고 생각하다가 모이라이로 차를 몰았다. 잠시 후 지하주차장에 도착하자 곧장 차에서 내렸다.

"무슨 일 있어요?"

"잠깐만 기다려봐요."

차를 살피기 시작한 차준혁은 차량후미 범퍼 아래쪽에서 희미한 불빛을 깜박이는 조그만 기기를 찾았다.

"그게 뭐예요?"

"GPS추적기에요."

장치는 차준혁이 천익의 컨테이너에 심어놓은 것과 다르게 생겼지만 비슷한 성능을 가진 모델이었다.

'굳이 따라올 필요가 없으니 그대로 직진한 것이었구나. 이대로라면 우릴 감시하겠단 의미인데.'

미행한 사람의 정체는 몰랐지만 차준혁은 그게 누군지 어렵지 않게 짐작할 수 있었다.

"누가 우리를 감시한단 거예요?"

반면에 신지연은 심각한 표정을 지었다. 누군가 차준혁을 감시 중이라면 은밀한 활동에 지장이 생기기 때문이다. 물론 위험할지 모르는 부분에서도 걱정하고 있었다.

"아마도 천익이겠죠. 미토스를 통해 헬하운드의 정보까지 얻었으니 의심을 할 거예요."

차준혁은 대답과 함께 GPS장치를 붙어 있던 자리로 다시 돌려놓았다.

"그걸 왜 다시 붙여놔요? 발견했으면 부셔야죠."

"이걸 부수면 오히려 의심을 살 거예요. 그리고 의심이 사라질 때까지 업무와 사건에만 집중하면 돼요."

미토스에서 정보를 받았을 때부터 예상한 상황 중에 하나였다. 천익과 미토스가 연결이 되어 있었고 그들이 경찰청에도 사람을 심어놨으니 말이다.

"그리고 이 상태로 의심만 지우게 만든다면 천익의 눈을 완벽하게 속일 수 있어요."

"잘 될까요?"

"당연히 잘 되게 만들어야죠."

차준혁은 걱정이 가득해진 신지연과 함께 사무실로 올라가려 했다. 그런데 신지연이 급히 발걸음을 멈추고 궁금했던 것을 물었다.

"맞다! 팀원들이 공항으로 갔잖아요. 그런데 천익에서 헬하운드의 정보가 경찰로 넘어갔단 것을 알았다면 이미 증거부터 해결하지 않았을까요?"

천익은 최근까지 어떤 흔적도 남기지 않고 수많은 범법행위들을 저질러왔다. 당연히 이번에도 어떤 증거도 남기지 않으며 움직이고 있을 것이다. 물론 차준혁도 거기까지 생각하고 있었다.

"그건 걱정하지 말아요. 지후한테 말해서 그렇게 되지 못하도록 부탁해놨어요."

"이 팀장님한테요?"

21세기 시대에는 모든 정보가 웹을 통하게 된다. 그런 방법에 능통한 이지후가 증거가 조작되지 않도록 조치해두었다.

"잘 해결될 테니 걱정 말아요."

한편, 공항에 도착해 있던 수사 1팀원들은 멀리서 다가오는 안대연의 모습을 보았다.

"협조공문 받아왔습니다."

특수부가 빠르게 움직여준 덕분에 보통은 며칠씩이나 걸릴 공문이 바로 결제되어 나올 수 있었다. 물론 검찰청 상부에서 겨레회가 움직이고 있던 덕분이었다.

"좋군. 바로 들어가지."

그들은 공항 사무실로 들어가 입국기록자 명단과 사건발생 전일 자부터 1년 간의 기록들을 출력하여 챙겼다. 물론 CCTV도 마찬가지였다.

언제 입국했는지 모르니 최대한 정보를 확보하여 하나하나 찾아나갈 생각이었다.

"양이 장난 아닌데 가능할까요?"

옆으로 지나가던 이동형이 수북하게 쌓여가는 서류를 보

며 탄식을 흘렸다. 이 상태라면 며칠은 물론이고 몇 주 동
안 퇴근은 물 건너갔기 때문이다.

"넌 CCTV부터 확인해봐. 프로그램 챙겨왔지?"

"당연하죠. 바로 체크해보겠습니다."

보안실로 들어간 이동형은 직원들에게 공문을 보여준 뒤
에 가져온 USB를 컴퓨터에다가 꽂았다. 그러자 항만경비
대에서 사용했던 프로그램이 가동되며 조작된 흔적들을
찾아나갔다.

"팀장님. 목록들이 나옵니다."

"뭐?"

상황을 지켜보던 문홍진은 이동형의 목소리를 듣고서 보
안실로 들어가 봤다. 그의 말대로 컴퓨터 화면에 조작된
시기의 목록들이 완성되어가고 있었다.

동시에 보안실 책임자부터 찾았다.

"여기 나온 일자의 근무자를 바로 확인해주셨으면 합니
다."

책임자는 이동형에게 해당 프로그램의 성능을 미리 들었
다. 그러니 내부에서 누군가 보안실 CCTV를 조작했다는
것을 알 수 있었다.

"찾아보도록 하죠."

그런 상황에서 몇몇의 안색이 어두워졌다. 문홍진은 직
원들의 표정을 보다가 리스트로 나온 일자의 입국기록을

찾아봤다. 조작된 CCTV 중 입국장 기록도 있어서 일자와 시간을 맞춰 당시에 도착한 항공편도 확인할 수 있었다.

"여기 있었군."

헬하운드는 자신들의 진짜 신분으로 들어오지 않았다. 그 때문에 문홍진은 항공편 입국자 사진으로 자살한 헬하운드의 인원들을 찾아낼 수 있었다.

반면에 입국장 CCTV영상들은 완전히 조작되어 확보하기가 어려웠다.

"팀장님. 공항 밖에 설치된 CCTV를 좀 봐주십시오."

이동형의 외침에 문홍진은 다시 고개를 돌렸다. 입국장은 아니었지만 입국기록에서 찾아낸 인원들이 정체불명의 세 사람과 같이 있는 것을 볼 수 있었다.

"저 녀석들은 누구지?"

"영상을 국과수로 넘겨서 분석해볼까요?"

그들은 잠시 이야기를 나누더니 차량으로 올라탔다. 국과수에서 분석한다면 뿌옇게 나온 번호판까지 확인이 가능했다.

흔적들은 그렇게 하나하나 나왔다. 팀장인 문홍진은 죽은 3명 외에 다른 3명을 뚫어지게 쳐다보고 있었다.

"저들 중에 배후가 있을지도 모르겠군."

용의자인 김민우와 이해성을 죽이려 했던 배후를 알아내기 위함이었다.

"신원이 확인되면 바로 수배내릴까요?"

"당장은 마땅한 죄목이 없잖아. 대신 누군지 조사해서 알아내야지. 일단 녀석들이 타고 간 차량부터 확인해서 수배하자."

총기까지 소지했던 녀석들이니 대포차일 확률도 있었지만 수사 1팀은 땅속까지 뒤져서 찾아낼 기세였다.

우우웅. 우우웅.

천익에 있던 나도명은 자신의 핸드폰을 받아들었다.

"어찌 되었나?"

―방금 전에 경찰들이 들이닥쳤습니다.

"입국기록은 모두 지워두지 않았던가."

―그게…….

헬하운드가 입국한 흔적을 지워놓은 부하에게서 온 연락이었다. 물론 경찰이 간다는 것도 미리 알고 있었다. 그런데 부하의 목소리가 심상치 않자 나도명의 미간이 내 천(川)자로 접혀졌다.

"문제라도 생긴 건가?"

―경찰에서 이상한 프로그램을 사용하더니 조작해두었던 CCTV의 흔적들을 찾아냈습니다.

"…정말인가?"

나도명은 홍주원에게 항만경비대에서 사용된 CCTV 조작확인 프로그램에 대해 들었다. 그래서 기존의 방법이 아닌 다른 방법으로 CCTV를 조작해두었다. 하지만 그 방법도 소용이 없었던 것이다.

—방금 전에 옆에서 제 눈으로 확인했습니다. 그 흔적으로 항공편을 추적해서 나 집사님이 데려가신 이들의 영상까지 확보했습니다.

뒤에 이어진 부하의 대답에 나도명의 얼굴은 더욱 일그러질 수밖에 없었다.

"분명히 깔끔하게 지웠다고 하지 않았던가?"

불과 30분 전에 확인전화로 들었던 말이었다. 그런데 완전히 뒤엎어지자 나도명의 목소리가 더욱 날카로워졌다.

프로그램은 보통방식으로 지워진 영상까지는 복원할 수 있었다. 대신 특수한 방법은 조작된 시기만 찾아냈다. 그건 나도명도 알고 있어서 믿기지가 않았다.

—죄송합니다. 그 부분은 작업과정에서 실수가 있었던 것 같습니다.

정보조작을 담당한 그의 부하는 공항보안팀 직원이었다. 꽤 예전부터 천익의 요원으로 있다가 그곳으로 가서여러 도움을 주고 있었다. 그런데 제일 중요한 타이밍에서문제를 일으키고 말았다.

"크음…! 그렇다면 경찰에서 귀찮게 움직이겠어."

이미 엎질러진 물을 주워 담을 수는 없었다.

나도명은 노성이 튀어나올 뻔했지만 꾹 참고 있었다.

—경찰들이 나 집사님께서 차로 이동한 영상을 카피해갔습니다.

"어차피 그걸로 추적은 힘들겠지만… 골치가 아프게 되었군."

당시에 이용한 차량은 대포차였다. 여러 루트를 거쳐서 사들인 것이라 추적은 불가능했다. 그러나 경찰이 수상한 낌새를 찾았으니 계속해서 수사를 진행해 나갈 것이다.

잠시 고민에 빠져 있던 나도명은 금괴운송으로 바쁜 홍주원에게 전화를 걸었다.

네놈들 저승길 노잣돈은
얼마면 되냐?

　커다란 컨테이너 차량 13대가 일렬로 묵직한 바퀴를 굴
리며 좁은 도로를 지나갔다. 전후로 2대씩 3열의 검은색
승용차와 승합차들이 비슷한 속도를 유지하며 달리고 있
었다.

　얼마 후에 그런 차량들이 도착한 곳은 경기도 외곽에 위
치한 공장단지였다. 망한지 오래되었는지 사람의 흔적은
거의 보이지 않았다.

　차량들에서 내린 사람들은 주변부터 경계하고 차량에 실
린 짐들을 내리기 시작했다. 그러자 한쪽에서 숨어 있던
30대의 5톤 트럭들이 나와서 컨테이너 차량들 앞으로 섰

다.

"문제는 없겠지."

선두차량에서 내린 홍주원은 조용히 중얼거리며 주위를 둘러싼 산으로 시선이 옮겨졌다.

"지금도 요원들이 산을 순찰하고 있습니다. 어떤 경우에도 여길 알아낼 수는 없습니다."

이번 운송작전의 경호책임자이자 천익에서 경호 1팀장을 맡고 있는 임태호였다. 그의 대답에 홍주원은 고개를 끄덕이며 트럭으로 실리는 나무박스로 걸음을 옮겨서 다가갔다.

"이것만 옮기면 무사히 끝나겠군."

다른 곳에서 보관 중이던 금괴와 현금들도 미리 준비해둔 안전한 장소로 옮겨놓았다.

그러나 장소까지 진입할 수 있는 길이 협소한 탓에 처음에 금괴를 싣고 있던 차량으로 들어가기가 어려웠다.

어쩔 수 없이 지금의 장소를 찾아 진입이 가능한 차량으로 옮기는 것이다.

"세이프존 인근의 지역도 작업을 마쳐두었습니다. 누구도 접근하기 힘들 겁니다."

"애초에 누구도 알 수가 없어야 하지. 요원들 관리도 철저히 해주도록 하게."

발 없는 말이 천리를 간다고 했다. 결국 어떤 일이든 사람으로부터 시작된다는 의미와 같았다. 그 때문에 홍주원은 이번 일 만큼은 실패지 않도록 만전을 기하고 있었다.

"염려 마십시오."

임태호는 운반이 잘 이뤄지고 있는지 요원들에게 다가가 점검하기 시작했다. 대략 50명도 넘는 요원들이 열심히 나무박스를 옮겼다.

묵직한 금괴 때문에 지쳐가는 이들도 있었지만 지시에 따라 트럭으로 차곡차곡 쌓아올렸다. 그렇게 2시간 정도가 더 지나서야 운반이 완료되었다.

트럭을 담당한 요원들은 짐칸을 두꺼운 스티로폼과 비닐로 씌워 꽁꽁 묶었다.

"끝났군. 바로 이동하도록 하지."

먼저 5톤 트럭들이 5대씩 줄지어 공장단지를 나섰다. 그러자 요원들의 차량이 앞뒤로 자리를 채웠다.

차량들은 곧바로 도로를 올라타 방향부터 잡았다. 도로 위로 보인 이정표에는 강원도 쪽이었다.

수십 대의 트럭이 나오는 광경을 도로입구 맞은편 숲에서 지켜보던 이들이 있었다. 인근은 인적이 없는 곳이라 우연히 보게 된 것이 아니었다.

"녀석들이 다시 이동하고 있습니다."

바로 차준혁의 전담 IIS요원들 중에 한 명인 유강수였다.

그의 옆으로 팀장인 배진수와 김욱현도 같이 서 있었다.

유강수가 저격용 스코프로 상황을 확인하자 배진수는 핸드폰을 들어올렸다.

"이동을 시작했습니다."

상대방은 IIS의 정보분석팀장인 한재영이었다. IIS국장 주상원에게 이번 작전에 대한 사령탑으로 임명받아 요원들을 움직였다.

—옵저버로 저희도 확인하고 있습니다.

그 대답과 함께 유강수는 다른 스코프를 들어 허공을 쳐다봤다. 상당한 높이에서 미묘하게 일렁이는 물체를 발견할 수 있었다. MR테크에서 새롭게 개발한 무선소형정찰기였다.

본래 7~8년 뒤에나 개발될 기기였지만 차준혁이 개발자 예정자들을 포섭하여 만든 것이다. 물론 특허권에 대해서도 상당한 인센티브와 별도의 연구비를 따로 지급해주었다.

"저런 기기까지 만들다니 엄청나군요."

배진수가 감탄하자 수화기 너머에서 한재영도 공감하는 목소리가 들려왔다.

—저도 그렇게 생각합니다. 저런 기기를 만든 것으로도 부족해서 거울을 이용한 스텔스 기능까지 장착했으니까요.

옵저버라 불린 무선소형정찰기는 사람몸통만 한 크기였다.

당연히 그 정도 크기라면 공중에 떠 있다고 한들 사람들의 눈에 띌 수밖에 없었다.

차준혁은 그런 약점을 보완하기 위해 전면(全面)에다가 거울효과를 가진 비닐을 부착시켰다.

그로 인해 각이 진 표면이 허공을 비춰서 아무것도 없는 것처럼 보였다.

"덕분에 어떤 상황인지 확실하게 알 수가 있겠군요."

─맞습니다. 방금 전에도 금괴를 운반하는 곳에서 홍주원이 얼굴을 내민 모습도 찍어두었죠.

정보팀에서 조작 중인 옵저버는 금괴운송 장면을 전부 촬영하고 있었다.

물론 조종 중인 서울과 거리가 상당한 만큼 중간에서 요원들이 중계기를 이동시켰다.

"저희는 다시 쫓도록 하겠습니다."

─이번 작전은 금괴의 지역만 파악하는 겁니다. 그러니 절대 들키지 않도록 해주세요.

"걱정 마십시오."

배진수가 통화를 마치는 사이 유강수와 김욱현은 다시 이동하기 위해 준비했다.

차준혁은 한재영에게 연락을 받아 천익이 최종적으로 금괴를 옮긴 위치를 들었다.

　—GPS장치의 수신이 덕산항 인근 숲에서 끊겼습니다. 옵저버로 찾아는 봤지만 현재 상태에서 확인이 힘들 듯싶습니다.

　"아마도 인근에 전파방해를 주도하는 기기가 있을지 모르겠군요. 하지만 제게 짐작되는 장소가 있으니 일단 감시에 필요한 인력을 제외하고는 철수시키셔도 됩니다.

　—정말입니까?

　"장소는 곧바로 메시지로 알려드리죠."

　통화를 마친 차준혁은 얼굴에서부터 뭔가 찜찜해짐을 감추지 못했다.

　"갑자기 기분이 안 좋아요?"

　신지연과 함께 이번 주 업무스케줄을 같이 확인하던 중이었다. 그런데 차준혁의 표정이 이상해지자 그녀가 조심스럽게 물었다.

　"그게 금괴를 숨긴 곳이 강원도 삼척에 있는 덕산항 인근이라고 하네요."

　"장소를 알아낸 것이면 좋은 일인데 왜 그래요?"

　"정확한 위치는 알아내지 못했지만 제가 아는 곳 같아

 142

요."

차준혁이 예상한 장소는 덕산항 인근에 위치한 대동노인 요양원이란 오래된 건물이었다. 워낙 구석진 장소인데다가 폐업한지도 상당한 기간이 지났다.

"준혁 씨가 어떻게 알아요? 그리고 알고 있는 곳이면 기분이 좋아야 하잖아요."

그녀의 말처럼 그런 장소를 알아냈으니 겨레회와 IIS에게는 엄청난 쾌거였다. 물론 차준혁의 입장에서도 마찬가지였다. 그러나 IIS에서 알아낸 장소는 차준혁도 잘 알고 있었다.

'나는 결국 대한민국이 아닌 천익과 천근초위를 위해서 일했던 것이구나.'

본래 미래에서 폐업한 대동노인요양원은 IIS가 정부비자금을 관리하던 곳이었다. 지금은 그런 관계를 끊은 상태였기에 차준혁도 생각하지 않았던 장소였다. 하지만 갑자기 드러나니 충격적일 수밖에 없었다.

"괜찮은 거예요?"

더욱 걱정스러워진 신지연은 차준혁의 옆으로 다가와 어깨를 쓰다듬었다.

"후우… 좀 괜찮아졌어요. 예전 일이 떠올랐어요."

"예전이면 과거로 돌아오기 전이요?"

"맞아요. 미래에서 IIS요원일 때에 정부비자금을 경호한

적이 있었거든요."

바로 그 장소가 대동노인요양원이었다. 거기다 그 건물
은 일제강점기에 친일파의 비밀자금과 불법인체실험을
관리하던 장소였다.

천익은 천근초위에 속한 친일파 조직이니 처음부터 그
장소를 알고 있었을 가능성이 높았다.

"설마 지금 말한 비자금이 보관되었던 장소가 거기에
요?"

신지연은 차준혁이 그 말을 한 의도를 알아차렸다.

"맞아요. 물론 그 덕분에 녀석들이 그곳으로 금괴와 현
금을 이동시킨 이유도 알 수가 있죠."

"뭔데요?"

"요양원 지하에 대형금고와 비밀통로가 있어요. 제가 알
기로는 일제강점기에 일본인들이 비밀자금과 불법실험으
로 죽은 시신을 옮기던 통로였죠."

수십 대의 트럭들은 숲 속에 숨겨진 그 통로를 통해 병원
지하로 들어간 것이다.

차준혁의 기억에도 내부의 커다란 공간에 트럭들이 충분
히 세워질 수 있었다.

"정말이에요?"

광복 당시에 일본은 자신들에게 불리한 기록들을 대부분
지우고 퇴각했다.

대동노인요양원 건물에 대한 흔적들도 그중에 하나였다.

"사실이에요. 실제로 저도 그 통로를 이용해서 들락거렸으니까요. 인적이 거의 없는 곳이지만 겉으로 보기에 완전히 망한 것처럼 보여야 했거든요."

당시에 IIS가 관리하던 비자금은 10조 원에 달했다. 물론 정부의 대한민국 보존기금이라는 명목하에 보호한 자금이었다. IIS였을 때의 차준혁도 그렇게만 알고 요양원을 지켰다.

하지만 지금 생각해보면 정부가 세금을 빼돌려 그 정도의 자금을 만들기는 어려웠다. 다른 방법을 동원했거나 다른 곳에서 빼돌린 자금일 확률이 높았다.

"어떻게 그런 곳이……."

차준혁의 설명에 신지연은 심각한 표정을 지었다.

"저도 처음에 그곳으로 발령이 나서 가기 전까지 몰랐던 곳이에요."

애초에 차준혁은 천익과 더불어 천근초위나 겨레회조차 알지 못했다. 그래서 처음에는 자신의 인생을 망쳐놨던 정부만 원망했고, 근간이었던 IIS와 골드라인을 무너뜨릴 생각만 가졌다.

"그래도 다행이잖아요. 오히려 준혁 씨가 아는 곳이라면 겨레회와 IIS에서도 처리하기가 쉽지 않겠어요?"

"맞는 말이죠. 상황이 이렇게 되었으니 당연히 그래야만 하고요."

차준혁은 자신의 인생이 천근초위의 손아귀에서 놀아난 것 같았다. 그러나 소중한 사람들이 모두 무사하니 오직 그들을 무너뜨리는 목표만이 전부였다.

"이제는 어떻게 할 거예요? 금괴가 옮겨진 곳을 안다면 우리에게 절호의 기회잖아요."

신이 내려준 운명인 것처럼 천익이 금괴를 숨긴 장소가 너무 절묘했다. 다름 아닌 차준혁이 미래에서 IIS로서 지키던 곳이었으니 말이다.

당연히 근무를 했던 만큼 그곳의 취약한 점까지 잘 알고 있었다.

한재영은 정보팀 사무실로 들어온 주상원에게 다가섰다. 지금까지 정리된 천익의 금괴운반 상황을 보고하기 위해서였다.

"어떻게 되었나?"

자리에 착석한 주상원은 대답을 조용히 기다리지 못하고 재촉하며 물었다.

"덕산항 인근에서 신호가 끊어졌습니다. 일단 요원들이

다가가면 발견될 위험이 있어서 최소 인원을 제외하고 모두 물려두었습니다."

"그럼 장소특정이 안 된 건가?"

새롭게 금괴가 숨겨진 장소는 천익의 큰 약점이었다. 당연히 IIS에서도 가장 중요시 여겼다.

"아닙니다. 방금 전에 차 대표께 상황보고를 드리니 짐작되는 장소가 있다고 하시더군요. 그에 관해서 곧 알려준다고 했습니다."

우우웅―!

마침 한재영의 핸드폰이 울리며 중간연락책인 주경수의 이름으로 메시지가 도착했다.

[대동노인요양원 ― 도명 입수요망]

그 메시지를 확인한 한재영은 주상원에게 보여주며 정보팀 메인화면으로 좌표를 띄웠다. GPS신호가 끊어진 위치에서 직선서리로 300m 정도 떨어진 위치였다.

"여기라고 합니다. 기록으로는 15년 전에 폐업한 뒤로 사용된 적이 없는 것으로 나옵니다."

"누구의 소유로 되어 있지?"

주상원의 물음에 한재영은 다시 확인을 해봤다. 키보드가 두드려지며 화면으로 등기부 소유자가 띄워졌다.

"김송주라는 남자입니다. 신원을 조회해보니 SW중공업이라는 중소기업의 대표라고 나왔습니다."

"정말 그곳이 금괴를 숨긴 곳이라면 천익과 SW중공업의 김송수란 사람이 관련되었겠지."

"대동노인요양원의 도면은 조사에 착수하는 동안 찾아보도록 하겠습니다."

한재영은 서울지부 현장요원팀장을 호출했다. 그러자 얼마 지나지 않아 무술부 사범이었던 김도성이 얼굴을 내밀었다.

"무슨 일입니까?"

"사람을 한 명 조사해주셔야 할 듯싶습니다."

"누구죠?"

그의 물음에 한재영은 화면을 가리켰다.

"SW중공업의 김송주라는 남자입니다. 천익과 어떤 관계가 있는지 감시 및 조사를 해주셔야 합니다."

"중요한 이유가 있는 겁니까?"

현장요원들은 아직 훈련이나 실전이 부족한 상태였다. 그렇기에 임무의 난이도와 중요도에 따라서 적절한 실력을 가진 요원부터 배치했다.

"천익에서 금괴를 운반한 장소로 추정되는 건물의 실소유주입니다. 저희 쪽에서도 알아보겠지만 그가 천익과 어떤 관계인지 확인해봐야 합니다."

김도성은 그 말을 들으며 고개가 끄덕여졌다. 동시에 상당히 중요한 임무라고 생각하면서 몇몇 요원들의 얼굴을 떠올려봤다.

"알겠습니다. 바로 요원들을 골라서 지시내리죠."

"부탁드립니다."

요청을 마치자 김도성이 다시 자신의 자리로 돌아갔다. 그사이 주상원도 앉아 있던 자리에서 일어나더니 한재영에게 다가섰다.

"곧바로 장로님들을 모아 계획을 세워봐야겠군."

이번 사안은 겨레회에 있어 천익의 숨통을 조일 기회였다. 물론 흔적은 드러나지 않도록 움직여야 했다.

지금까지 어떤 상황보다 중요하니 신중에 신중을 기해야 할 필요가 있었다.

"화상으로 참석요청을 한 뒤에 대회의실에 준비해놓겠습니다."

"고맙네. 그리고 차준혁 대표도 참석이 가능한지 물어봐주게."

주상원은 지시를 마치고 걸음을 옮겼다.

잠시 후 차준혁은 한재영에게 연락을 받고 신지연과 함께 IIS서울지부에 도착했다. 대회의실로 들어서자 지난번과 마찬가지로 5명의 장로들은 화면에 얼굴을 비추고 있었다.

"다들 오랜만에 뵙습니다."

차준혁의 등장에 겨레회의 수뇌부들은 표정이 진지해졌다. 그러면서 고개를 살짝 숙이며 인사를 건넸다.

[반갑습니다. 차 대표. 그간 잘 지내셨습니까?]

장로들 중 대표인 노진현 대통령이 안부를 묻자 차준혁도 고개를 숙였다.

화면에는 그와 더불어 임진환 회장과 국방부 장관인 서승원도 있었다.

"저야 늘 똑같죠. 다른 두 분께서는 여전히 절 믿지 못하시나 봅니다."

차준혁은 양쪽에 비춰진 두 사람을 쳐다봤다. 그들은 다른 세 사람과 다르게 겨레회의 우익과 같은 사람들이었다.

겨레회의 극진보수파이며 친일파를 처단하는데 필요한 일들을 스스로 추진해야 한다고 생각했다. 당연히 힘을 빌려주는 차준혁에 대해 좋지 못하다고 여겼다.

[우리는 그저 중차대한 계획을 의논하기 위해 참석한 것뿐이니 시작하시죠.]

명천대 한국역사학과 종신교수이자 겨레회 장로인 정구원은 그렇게 말하며 진행을 재촉했다. 그러자 또 다른 극우파인 만성무역 대표인 한평준이 이에 동의하며 기다렸다.

[그럽시다. 시작하지 않고 뭐합니까?]

냉랭해진 분위기 속에서 차준혁은 자리를 잡고 앉았다. 그러자 회의의 진행을 맡게 된 한재영이 앞으로 나가 말했다.

"시작하겠습니다. 일단 약 5조 원에 달하던 금괴는 덕산항 인근에서 흔적이 끊겼습니다. 차준혁 대표의 예상지점은 대동노인요양원이란 곳입니다."

[어찌 그곳이라는 가능성이 나온 겁니까?]

"그 부분에 대해서는……."

한재영의 시선이 한쪽에 앉아 있던 차준혁에게 향했다. 무슨 의미인지 알기에 차준혁이 일어났다.

"제가 설명을 드리죠."

앞으로 나간 차준혁은 미리 준비해온 USB를 노트북에 꽂아 넣었다. 화면이 바뀌더니 대동노인요양원을 중심으로 둔 지도가 떴다.

"이곳은 대외적으로 알려지지 않았지만 일제강점기에 친일파가 연구소로 지은 건물입니다."

설명을 듣던 역사학 교수인 정구원은 의문을 가졌다.

[그런 말은 처음 듣는군요. 증거가 있습니까?]

"당시에 있던 자료는 광복이전부터 폐기되었죠. 대신 역사의 흔적에서 찾아낼 수 있습니다. 2006년 출간된 흑색바다라는 책에 그 흔적이 나오죠."

차준혁은 화면을 바꿔서 내용을 띄웠다. 거기에는 일본 군들이 국내 특정지역에서 벌인 인체실험에 대한 이야기가 쓰여 있었다.

[저도 아는 책이로군요. 하지만 전혀 근거가 없는 낭설입니다. 강점기에 대한 기록들이 대부분 소실되었다지만 그곳에 관한 공식적인 기록은 없었습니다.]

그의 말처럼 흑색바다란 책에 나온 내용은 어떤 것도 증빙되지 못했다.

"하지만 당시 상황을 목격한 인근 지역주민의 증언을 바탕으로 쓰인 실화입니다. 그걸 생각한다면 천근초위에서 그곳으로 이동했을 가능성이 있습니다."

[고작 그런 책으로 지금 일을 결정하다니요! 말이 되는 소립니까!]

애초에 IIS가 제대로 추적하지 못해서 금괴의 최종 목적지를 알아내지 못했다. 거기서 차준혁이 본래 미래의 기억을 토대로 짐작해낸 것이다.

당연히 아무런 근거도 없이 목표지점을 특정할 수는 없었다. 그래서 관련된 책을 준비하여 겨레회에게 설명하기로 했다.

하지만 극우파인 두 사람이 부정적인 의견을 내자 차준혁은 속으로 한숨을 내뱉었다.

'쉽게 설명할 줄 알았는데… 이거 이를 갈고 있었구만.

그래도 있었던 사실을 없애버릴 수는 없지.'

생각을 마친 차준혁은 그들을 설득하기 위해서 다시 입을 열었다.

"이 책을 낸 작가는 1년도 되지 않아 사고로 죽었습니다. 당시 사건기록을 찾아보니 상당히 의문점이 많더군요."

다음 자료를 띄운 차준혁은 계속 말을 이어 나갔다.

"거기다 책도 작가가 죽은 후에 바로 절판되었습니다. 해당 출판사도 어찌 된 영문인지 직후에 부도가 나버렸죠."

[관련된 사람들이 없애버렸단 의미입니까?]

"지금까지 설명드린 과정들만 보고도 모르시겠습니까? 다분히 의도적이라는 것을 알 수 있습니다."

해당 작가의 죽음도 원래 미래에서 벌어졌다. 그래서 차준혁은 설마하며 그 작가를 찾아보았고 똑같은 결과가 이미 벌어졌단 것을 알게 되었다.

물론 그 당시 작가의 죽음은 IIS가 사고사로 만들었다. 출판사와 책도 마찬가지였다.

우우웅. 우우웅.

그때 차준혁은 주머니에서 울린 핸드폰을 받아들었다. 길게 대답하지 않고 몇 가지 대화만 나눈 후 끊을 수 있었다.

"더 확실한 증거가 나왔다는군요."

대답을 마친 차준혁은 핸드폰으로 온 자료를 화면에다가 띄웠다. 덕산항 인근을 조사한 배진수 팀에게 온 사진들이었다.

"이걸 보시면 트럭들이 방금 전에 숨겨진 동굴에서 나오는 것을 알 수가 있습니다."

배진수가 찍어서 보낸 사진에는 확실한 증거가 있었다. 그러나 동굴이 대동노인요양원과 통해 있는지는 알기가 어려웠다.

[저것만으로 어떻게 추측이 되겠습니까?]

"동굴에 대한 내용도 책에 있습니다. 당시 인체실험으로 죽은 사람들은 동굴을 통해서 이동되어 바다로 버렸다고 나오죠. 이것만 봐도 실화라는 것을 알 수 있습니다."

아무것도 없이 이야기는 만들어지지 않았다. 역사학 교수인 정구원도 그 부분을 외면하기는 힘들었다.

[일단 믿도록 하지요. 그럼 어떻게 할 생각입니까? 금괴가 거기 있다면 어떻게든 손을 써야 할 텐데요.]

나름대로 납득한 장로 정구원의 대답에 회의를 연 진짜 주제로 돌아올 수 있었다.

"그 부분에 대해서는 제가 말씀을 드리죠."

한재영이 다시 앞으로 나섰다.

그사이 차준혁은 다시 자신의 자리로 돌아왔다.

"해당 지역의 CCTV를 기간별로 확인한 결과 이번과 같

은 트럭들이 수차례 들어간 것이 발견되었습니다. 그것만 봐도 이번에 들어간 금괴 외에도 숨겨져 있던 자금이 더 있었단 의미가 됩니다."

[하긴… 최근까지 우리가 못 찾아내던 천근초위가 그간 해온 일들이 있다면 5조 원으로 끝이 아니겠죠.]

그런 설명에 노진현이 중얼거리면서 차준혁의 공적을 높여주었다. 극우파로서 차준혁을 반대하던 장로들의 기세를 눌러주기 위해서였다.

"자금만 저희가 확보하면 천근초위에서는 한동안 움직이지 못할 겁니다."

[그게 가능하겠나? 5조 원의 금괴만 해도 그쪽에서 만만치 않게 지키고 있을 텐데.]

본래 미래에서 차준혁이 대동노인요양원에 있을 때에도 무장하고 있었다. 비밀마을에서도 총기를 가지고 있던 천익이라면 위험할 가능성이 높았다.

"솔직히 어렵다고 생각됩니다. 게다가 마지막의 운반된 금괴만으로도 운반이 불가능합니다."

30대도 넘는 5톤 트럭들이 금괴와 현금을 운반했다. 이전에도 같은 움직임이 있었으니 금괴의 양은 그보다 더 많을 것이다.

"차라리 공식적으로 금괴를 적발하는 것이 어떨까요? 그럼 정부에서 금괴에 대한 환수절차만 밟으면 되는 것이 아닙니까."

　잠시 침묵을 지키고 있던 차준혁이 끼어들었다. 그런 의견에 모두의 고개가 돌아가며 그를 쳐다보았다.

　[공식적으로 어떻게 말입니까?]

　[김송주라는 사람에 대해 조사를 하는 중인가요?]

　"일단 SW중공업의 대표라는 것까지만 알아냈습니다. 차후 정보는 현장팀에서 확인하여 보고될 것입니다."

　한재영의 대답에 차준혁은 자리에서 일어났다. 그리고 앞으로 가서 꽂아두었던 USB의 정보를 화면에 비춰주었다.

　"저희가 조사한 바에 따르면 김송주는 월드세이프펀드 문진원 회장의 외가쪽 사촌동생입니다. 기업정보를 확인해보니 드러나지 않은 불법적인 일들을 상당히 저질렀더군요."

　차준혁도 대동노인요양원의 소유주인 김송주에 대해서 조사를 따로 해봤다. SW중공업은 자재 사용이나 하청업자들과 관련된 비리들이 있었다. 영업이익보다 대표자인 김송주의 씀씀이만 봐도 어렵지 않게 알 수 있는 사실이었다.

　"그럼 SW중공업을 공격해서 대동노인요양원을 압수수색하자는 말이군요."

　조용히 논의내용을 듣고 있던 주상원이 정리해줬다. 그

156

러자 겨레회의 수뇌부들이 술렁이며 삼삼오오 머리를 모아 개인적인 의견을 주고받았다.

[녀석들이 저희 계획은 눈치채면 금괴를 다른 곳으로 옮기지 않을까요?]

이번에도 극우파인 장로 정구원이 태클을 걸어왔다.

"천익에서도 어렵게 옮긴 자리입니다. 그걸 단시간에 뺄 수도 없겠죠. 거기다 다시 자리를 옮긴다면 오히려 기회입니다. 처음부터 김송주의 비자금으로 씌워 재산환수 절차도 가능할 테니 말이죠."

천익에서는 겨레회가 다시 움직인단 사실조차 감지하지 못했다. 당연히 지금의 장소가 어떤 곳보다 안전하리라 생각하고 있었다.

[나쁘지 않은 계획이군요.]

대통령인 노진현이 찬성표를 던지자 수뇌부들의 술렁임은 더욱 커졌다.

"서울지검 특수부에서 어딜 수사해?"

월드세이프펀드의 회장 문진원은 비서에게서 심각한 소식을 듣게 되었다.

"SW중공업이라고 합니다. 그곳은 회장님의 처가 쪽이

신 김송주 대표가 있는 곳이 아닙니까?"

"그렇지…….."

"따로 알아보니 최근에 SW중공업에서 운용한 납품하던 자재취급 문제로 뇌물이 오갔던 모양입니다."

문진원은 미간이 찌푸려졌다. 조용하다 싶었더니 골치가 아픈 일이 터졌기 때문이다.

"사소한 일이야 매번 있지 않았나. 고작 그런 일로 왜 검찰에서 냄새를 맡아?"

"이번에는 조용히 해결하기가 좀 어렵습니다. 취급하던 자재가 화학물질 관리법에서 쉬쉬하는 유독물질이라… 거기다 SW중공업의 몇몇 현장직원 가족들과 소송하는 중이라고 합니다."

"뭐…? 흠… 김송주 대표보고 당장 들어오라고 해!"

잠시 고심하던 문진원은 비서인 김상헌에게 그를 호출하라고 다그쳤다.

SW중공업 김송주는 그런 문진원의 호출에 월드세이프펀드 본사로 급히 들어섰다. 텁텁한 외모에 반쯤 벗겨진 넓은 이마에 땀이 송골송골 맺혀 있었다.

"하… 하… 부, 부르셨습니까."

문진원은 그런 김송주의 대답에 얼굴부터 더욱 굳어져서 냉랭한 시선을 날렸다.

"지금 너희 회사가 어떤 입장인지는 알고 있느냐?"

"저희 회사야 잘 돌아가고 있지요. 딱히 문제가 없습니다."

그가 아무것도 모른다고 생각하는지 김송주의 입에서는 거짓말부터 흘러나왔다. 솔직히 SW중공업도 김송주가 능력이 되어 차린 회사도 아니었다. 문진원이 처가쪽 식구라는 것 때문에 회사기반을 만들어 세워준 것이다.

"제대로 말하지 못하냐? 지금 SW중공업을 서울지검 특수부에서 조사 중이라고 하는데도!"

"그, 그게……."

난처해진 김송주는 손수건으로 이마에 맺힌 식은땀을 닦아내기 시작했다.

"직원들까지 소송을 준비 중이라고 하는데 무슨 짓을 어떻게 한 거냐! 제대로 설명을 해봐!"

"사실… 이번에 상당한 자재낙찰 건이 하나 있었는데 성능은 좋지만 조금 위험한 물질이 섞여서……."

결국 기업의 이윤을 위해 수은과 비슷한 중금속 중독위험이 있는 물질을 자재에다 썼단 것이다. 물론 그 과정에서 납품할 업체와도 뒷거래가 있었다. 그렇지 않고서야 문제가 될 물질을 아무렇지 않게 쓸 수는 없었다.

"이 자식이……."

"하지만 화학물질관리법에 걸리는 물질도 아닙니다. 우

리나라에는 아직 해당사항도 없다고요!"

그의 말처럼 국내 환경부에서 지정한 화학물질관리법에 구멍이 많았다. 해외에서 지정한 것보다 국내반입을 제한한 유독물질의 수가 상당히 적었다.

김송주도 그런 부분을 알아내고서 자재낙찰을 진행했다. 물론 유독물질이 작업과정과 이후 제품사용자에게 끼칠 영향은 잘 알고 있었다.

"정말입니다!"

문진원은 재차 강조하는 그의 대답을 들으며 손으로 관자놀이를 주물렀다.

"지금 그게 문제가 아니지 않나. 사태가 얼마나 심각한 줄도 몰라? 김 비서. 설명을 좀 해주게."

뒤로 서 있던 김상헌은 들고 있던 서류를 들었다.

"6개월 전에 현장에서 일하던 7명이 쓰러져 입원했다가 그중에 4명이 사망했습니다. 현재 그 일로 소송이 진행 중입니다. 그리고 사용 중인 유독물질은……."

매우 자세한 보고에 김송주의 얼굴은 똥 씹은 것처럼 변할 수밖에 없었다. 게다가 어떻게든 스스로 처리해보려고 발악까지 하던 중에 걸린 것이라 탄식을 흘렸다.

"대체 일 처리를 어떻게 하는 거야?"

"죄송합니다. 면목이 없습니다."

더욱 높아진 문진원의 언성에 김송주는 얼굴을 들지 못

160

했다. 그러나 혼을 낸 이유는 그것이 아니었다.

"직원들이 입원을 했으면 처음부터 돈이랑 합의서로 수습부터 해야 하지 않나! 소송을 왜 걸겠어! 결국 돈이 필요하니 그러는 것 아닌가!"

"저도 직원들이 죽고서 그러려고 했습니다만……."

김송주도 그와 같은 방법을 몰랐을 리가 없었다. 그러나 사망한 직원가족들이 오열을 하며 돈과 합의서를 쳐다보지도 않았다.

"죽었으면 금액을 더 불려서 줬어야지! 죽기 전보다 죽은 후에 3배는 더 쳐줘야 알아먹지!"

"그걸로 될까요?"

"일단 합의에 관해서는 우리 사람을 보내서 해결해보도록 한다. 그리고 검찰조사는 들이닥치기 전에 자재부터 해결해놔라."

문진원은 SW중공업에 닥친 일부터 정리하려 했다. 그에게 맡겨둔 대동요양원건물 때문이다. 자칫 검찰조사가 이뤄져 SW중공업을 대대적으로 수사하다가 대동노인요양원 건물로 이어질 수도 있었다.

"도와주셔서 감사합니다! 문 회장님!"

물론 김송주는 자신이 소유하게 된 대동노인요양원 부지에 엄청난 금괴가 옮겨졌단 사실을 몰랐다. 그저 망해가는 폐지(廢地)를 맡겼다고만 알았다.

"감사인사는 제대로 수습되면 하도록. 김 비서. 지금 말한 대로 조치해."

"알겠습니다. 지시대로 하겠습니다."

"아! 그리고…….”

김상헌은 그런 지시에 걸음을 밖으로 옮겼다.

서울지검 특수부 유태진 부장검사는 새로 배당된 사건을 조사하다가 미간부터 점점 찌푸려졌다.

"이런 끓는 기름에 튀겨먹어도 시원찮을……!"

고창수, 김정목 살인사건은 실질적인 용의자로 잡힌 두 사람이 무기징역으로 실형을 선고받았다. 그 뒤로 배당된 사건은 그보다 더한 악질이었다.

조사대상인 SW중공업은 화학물질관리법을 교묘하게 피해 유독물질을 수입하여 자재에 썼다. 사용된 유독물질은 1급 발암물질로 대한민국과 몇몇 국가를 제외하고 모든 국가에서 수입을 규제했다.

물론 반입에 관해서는 문제될 것이 없겠지만 피해자들이 있었다. 사망한 피해자들까지 생겨 고소장이 접수되었으니 검찰에서도 묵과하기는 힘들었다.

똑똑—!

"부장검사님. 이번 SW중공업 유독물질 사건에 대해 조사한 서류입니다."

문을 두드리고 들어온 수사관 김정훈은 그의 책상 위로 서류를 내밀었다.

SW중공업이 자재낙찰 과정에서 상부업체인 해명디스플레이와 뒷거래가 있었단 정황이었다.

"하긴… 유독물질이 함유된 자재를 납품하면서 거래가 없었단 것도 이상하겠죠."

"일단 해명디스플레이 자재낙찰에 관련된 임원들 계좌 추적은 해놓았습니다. 현재 조해성 검사가 확인하는 중입니다."

그런 설명에 유태진은 서류를 유심히 들여다봤다. 해명그룹의 계열사인 해명디스플레이라면 이번 사건이 쉽지만은 않기 때문이다.

"유독물질 반입에 관한 조사는 어떻게 되었습니까?"

"그건 인천세관에 대한 영장 발부가 마무리되어야 가능할 것 같습니다."

"아, 영장이 아직 안 나왔지. 한 번 알아보도록 하겠습니다."

김정훈이 밖으로 나가자 유태진도 옷을 챙겨 입고 사무실을 나섰다. 그가 찾아간 곳은 영장심사를 청구한 검사장 조성우의 방이었다.

"실례하겠습니다."

"웬일입니까? 사건은 잘 진행되고 있습니까?"

"그 문제로 들렀습니다. 지난번에 인천세관 영장심사 청구 허가가 아직 떨어지지 않아서 말입니다."

그 물음에 조성우 검사장의 표정이 살짝 미묘했다.

"영장심사 허가라면 아직 나오지가 않았습니다. 저도 좀 늦는다 싶어서 알아보니 상부에서 조금 지체되고 있는가 보더군요."

"어째서 말입니까?"

"해명그룹까지 연관된 사건이다 보니 민감해서 그런 것이 아닐까 생각됩니다."

사건의 본질은 SW중공업이 유독물질을 자재에 썼고, 그걸 해명디스플레이가 제품으로 만들어서 팔고 있었다.

서로 유독성물질에 대한 위험성을 알고 있었다면 엄청난 범죄였다.

그러나 해명디스플레이 뒤에 해명그룹이 있기 때문에 함부로 건드리기는 힘들었다.

"하지만 국민들을 위험하게 만드는 사건입니다. 지금에야 현장 사람이지만 차후 발생될 피해자는 엄청날 겁니다."

"나도 알고 있습니다. 그러나 검찰청에서 지체되는 것을 뭐라 할 수는 없지 않습니까."

"하아……."

검찰청도 입장이 있기 때문에 유태진도 재촉하기가 힘들다는 것을 알았다. 게다가 해명디스플레이는 해명전자를 통해서 제품을 생산 및 납품했다.

국내 전자계열사 5위 안에 들어가는 곳이라 잘못 건드리면 검찰 쪽의 입장도 난처해졌다.

"일단 기다려보시죠."

"그러도록 하겠습니다."

유태진이 밖으로 나가자 조성우는 자신의 책상 앞으로 걸어갔다. 그리고 위에 놓인 서류덮개를 열었다.

[수색영장 — 해당 장소 : 인천세관]

영장 서명 란에는 검사장의 서명만이 남아 있었다. 진즉에 서류가 통과되어 내려왔지만 유태진에게 거짓말을 한 것이다.

"SW중공업에서 남은 증거들을 빨리 처리해야 할 텐데 말이야."

이번 일이 터지면서 조성우는 월드세이프펀드 문진원에게 연락을 받았다. 당연히 SW중공업에 대한 사건 수사진행을 최대한 늦춰 달라는 요청이 있었다.

조성우는 자세한 상황까지는 몰랐지만 자신이 해온 일이

있기에 모른척할 수 없었다.

그렇다고 티나게 도와줄 수는 없어서 SW중공업이 증거를 처리할 때까지 자재가 들어왔던 세관수색 영장을 붙잡아두었다.

"에휴……."

한 사내가 터덜터덜 느린 걸음으로 자신의 사무실로 들어와 소파에 앉았다. 뒤쪽 책상 위에 기다란 명패가 놓여 있었다.

[인권변호사 이태광]

검사시절에 거대기업이 관련된 사건에서 상부의 지시를 따르지 않아 좌천되었다. 이후 변호사가 되어 사무실을 차렸지만 사건을 맡지 못해 월세만 밀려가고 있었다.

지금도 집에서 뒹굴거리다가 부인에게 등짝을 맞고 출근한 것이다. 딸도 어느새 중학생이라 생활비나 교육비를 위해서는 어떻게든 해야만 했다.

똑똑.

그때 노크소리가 들리자 이태광은 일어나지 않았다.

"열렸으니 들어오세요!"

문이 열리며 얼굴을 내민 사람은 모이라이의 지경원이었다. 그대로 안에 들어오더니 이태광의 앞에 섰다.

"이태광 변호사님이십니까?"

"맞는데요. 누구시죠?"

지경원은 깔끔한 정장차림에 어려보이는 외모였다. 그 모습을 보자 사건이라고 기대조차 하지 않는지 이태광의 행동은 상당히 불친절했다.

"모이라이 투자회사의 지경원이라고 합니다."

앞으로 내밀어진 명함에 이태광은 슬쩍 손을 들어 받았다. 그리고 게슴츠레 뜬 눈으로 보다가 표정은 점점 놀라움으로 바뀌었다.

"보, 본부장이요? 당신이 모이라이의 본부장이라는 말입니까?"

"맞습니다."

"이거 가짜명함은 아니겠죠?"

솔직히 믿기지가 않는지 이태광은 의심스런 눈초리로 지경원을 쳐다봤다. 이태광도 모이라이의 최연소 본부장에 관한 소문을 들은 적이 있었다. 물론 얼굴은 잘 알려지지 않아서 모르고 있었지만 명함을 받고 일단 믿는 수밖에 없었다.

"진짜입니다."

"그럼 저는 왜……."

지경원은 그의 맞은편 자리에 앉으면서 서류를 꺼내 내밀었다.

"이번에 저희 모이라이에서 저소득층을 위한 법률회사를 만들려고 합니다. 로펌이죠. 그곳의 대표직에 이태광 변호사님이 맡아주셨으면 해서 부탁을 드리러 왔습니다."

"뭐요……?"

순간 이태광은 자신이 뭔가 잘못 들었다는 듯이 귓구멍을 후벼댔다.

"법률회사인 MR로펌의 대표직을 이 변호사님께서 맡아달라는 말씀입니다."

"허……!"

"어떠십니까?"

여전히 믿지 못하던 이태광은 그가 내밀었던 서류를 받아들고 자세히 읽어보았다. 그건 일반서류가 아닌 대표직 위임에 관한 조건들이 적혀 있었다.

"진짜 이런 조건으로 절 대표직에 두겠다는 말씀이십니까?"

대표직위임 조건은 단순명료했다. 기본적으로 저소득층이 의뢰한 사건은 무료변론해주게 되는 것과 기업관련 변론은 따로 인센티브가 책정된단 사항이었다.

게다가 구성변호사에 대한 위임도 대표가 되면 운영 전

권을 준다는 사항까지 있었다.

"대표라고는 하지만 월급은 모이라이에서 주게 될 겁니다. 연봉에 관한 사항은 맨 뒷장에 있습니다."

제안에 관한 서류는 고작 2장이었다. 그렇게 뒤로 넘긴 이태광의 눈은 더욱 크게 떠졌다.

"여, 연봉이… 삼, 삼억 원?"

"변호사들을 들이시게 되면 그들은 경력에 따라 7,000만 원에서 1억 사이로 연봉이 책정될 겁니다. 사무관도 4,000~5,000만 원이 될 것이고요. 물론 차량 및 사택도 필요시에 지급됩니다."

엄청난 금액이 지경원의 입에서 흘러나오자 이태광은 지금 상황이 꿈인지 생시인지 몰랐다.

"하… 하…….""

"너무 돈에 대해서만 이야기한 것으로 기분이 상하셨다면 죄송합니다."

그의 이상해진 반응을 오해한 지경원은 오히려 그에게 사과했다.

"아, 아닙니다! 죄송하다니요. 그, 그런데… 왜 저에게 이런 제안을 하시는 겁니까?"

애초에 이태광은 모이라이와 아무런 관련이 없었다. 그곳에서 일하는 사람 중에 아는 사람도 없었다. 당연히 엄청난 제안이지만 갑작스럽게 벌어진 이런 상황을 쉽게 납득하기는 힘들었다.

"저희 대표님께서 정의로운 사람을 원하십니다. 실례인 줄 압니다만 찾아오기 전에 조사했습니다. 검사시절에 사건을 덮으려던 상부의 지시를 따르지 않아 좌천되었고, 이후에 지금의 변호사 사무실을 차렸다고 하더군요."

지경원의 목소리는 매우 조심스러웠다. 자칫 뒷조사에 이태광이 기분 나빠할지도 모르기 때문이다.

"맞는 말입니다. 하지만 그렇다고 해서 절 어떻게 아시고……."

"저도 거기까지는 모르겠습니다. 그저 대표님의 지시에 따를 뿐이죠."

"혹시 아까부터 말씀하신 대표님이란 분이……."

이태광은 크게 뜬 눈으로 물었다. 현재 모이라이에서 대표라고 불릴 만한 사람은 한 사람뿐이었다. 26살에 힘들게 들어간 경찰간부후보생에서 퇴직하여 모이라이의 대표가 된 인물 말이다.

"당연히 차준혁 대표님이십니다. 그분께서 이태광 변호사님을 콕 찍어서 설득해오라 하셨습니다."

"정말 제가 이 제안을 받아들여도 되는 겁니까?"

"받아주시면 저희야 더할 나위 없죠."

"하, 하겠습니다! 그런데 법률회사라면 준비하는 데 시간이 오래 걸리겠군요."

법률회사도 기업이었다. 당연히 사무실이나 다른 사람들을 준비하는데 상당한 시간이 걸렸다.

"사무실과 설비, 기본 인력들은 모두 준비되었습니다. 그리고 저희 쪽에서 준비해본 변호사 및 사무관 리스트도 있습니다. 읽어보시고 마음에 드는 사람을 골라주시면 저희가 접촉하죠. 물론 이태광 변호사. 아니 대표님께서 따로 고르셔도 됩니다. 기한은 1달 드리도록 하지요."

지경원의 장황한 설명에 이태광은 꿈을 꾸는 것만 같았다. 삭막했던 그의 45살 인생에 드디어 꽃이 피기 시작한 것이다.

"그러도록 하죠."

이태광은 그가 내민 인력목록을 받아들다가 조심스럽게 물음을 이어갔다.

"웬만하면 본부장님께서 주신 이 목록에서… 골라야겠지요?"

너무 파격적인 제안 탓에 슬슬 눈치가 보였다. 물론 말은 좋았지만 받게 된 목록에서 사람을 제외하기가 힘들었다.

"이태광 대표님께서 보시기에 저소득층을 위해 최선을 다해줄 것 같은 사람으로 고르시면 됩니다. 그 목록에 그런 사람이 전혀 없다면 따로 찾으셔도 무관합니다. 인사권은 대표님의 재량이자 권한이니까요."

"…아악!"

그런 설명에 이태광은 자신의 볼을 세게 꼬집어보았다. 엄청난 통증이 일어난 것을 보면 정말 꿈이 아닌 진짜 벌어진 일이었다.

지경원은 그의 행동을 보며 품속에서 다른 물건들을 꺼내었다. 그건 카드키, 차 키였다.

"충분히 믿으셔도 됩니다. 그리고 이것들은 따로 지급된 사택열쇠와 차량의 열쇠입니다. 계약금은 방금 전에 계좌로 입금되었을 겁니다."

"계, 계약금이요?"

"그 사항은 서류 첫 번째 장 밑단에 있었는데 안 읽어보셨습니까?"

방금 전에 이태광은 경황이 너무 없던 중에 바로 2번째 장으로 넘어갔다. 그래서 지경원이 말한 계약금에 대해서 읽지 못하고 지나가버렸다.

"자, 잠시만요."

제안서류 1번째 장 밑단을 확인한 이태광은 입이 쩍 벌어질 수밖에 없었다.

"이, 이억……!"

"참고로 데려오실 변호사와 사무관 분들께도 5,000만 원부터 1억 원 사이의 계약금이 지급될 겁니다."

이태광은 대표라서 2억 원인 것이다.

방금 전까지만 해도 이번 달 생활비를 걱정하고 있었는

데 엄청난 돈이 뚝 떨어진 것이나 마찬가지였다.

이태광과 협상을 마친 지경원은 모이라이로 돌아와 차준
혁의 사무실부터 방문했다. 안에서는 차준혁과 신지연이
업무에 대해 이야기를 나누고 있었다.

"말씀하신대로 했습니다."

"그래? 이제 문제없이 진행되는 거겠지?"

"한 달이면 변호사와 사무관도 구성될 겁니다. 그런데…
실력 있는 변호사는 더 있을 텐데. 굳이 이태광 변호사를
대표로 고르신 이유를 물어도 될는지요."

지경원은 어떤 경우든 차준혁의 선택에 토를 달지 않았
다. 그러나 이태광도 심하게 의문스러워하던 부분이라 궁
금증이 생겼다.

"예전에 은혜를 좀 입었거든. 그쪽에서는 기억을 하지
못하겠지만 말이야. 물론 그것 때문에 그 자리를 제안한
것은 아니야. 정의감 하나만큼은 누구보다 투철한 사람이
니까."

"그러셨군요. 알겠습니다."

옆에 있던 신지연은 지경원이 물러나는 것을 보며 고개
를 돌렸다.

"어떤 은혜였는데요?"

차준혁은 그 물음에 다시 살펴보려던 서류를 내려놓았

다. 그리고 곰곰이 생각을 하다가 말하기 시작했다.

"원래 미래에서 만났던 사람이에요. 당시 이태광 변호사는 강원도지역 검사면서 제 가족의 사건을 담당했죠. 나름대로 최선을 다해서 수사해줬어요. 물론 당시에는 나온 것이 없었지만요."

가족들을 차사고로 죽였던 범인은 차준혁이 경찰들에게 잡혀가도록 만들었다. 당연히 이태광과 만날 인연이 그렇게 사라져버린 것이다.

이후에 차준혁은 겨레회가 서울지검 특수부를 만드는 데 힘써주자 이태광도 집어넣으려고 했다. 그러나 이미 거대기업 사건에 휘말려 좌천당했다가 검사직을 그만둔 상태였다.

"그래서 이태광 변호사님에게 법률회사인 로펌대표직을 맡기는 거군요."

"맞아요. 누가 봐도 사고로 보인 사건을 누구보다 발 벗고 힘써줬으니까요."

그때 이태광은 삼촌처럼 이것저것을 도와주었다. 다만 차준혁은 당시에 너무 공허해진 마음을 가지고서 하루하루를 살았다. 이태광을 다시 떠올리게 될 때까지도 미처 생각하지 못했을 정도였다.

"그런 사람이라면 믿을 만하겠네요. 모이라이 법률계열사 MR로펌이라… 이걸로 사람들을 돕는 계열사가 하나

더 생겼네요."

"잘해봐야죠."

사실 MR로펌은 SW중공업이 일으킨 유독물질 사용사건의 피해자들을 변론해주기 위해서 만들었다. 물론 그들뿐만 아니라 저소득층의 사람들이 오랜 소송으로 고통받는 부분을 해소하기 위함도 있었다.

이것으로 모이라이에 대한 사람들의 신뢰도는 더욱 높아질 것이 분명했다.

[이번에 모이라이는 저소득층 시민들을 위한 법률회사인 MR로펌을 설립했습니다. 주 의뢰대상은 오랜 소송으로 비용부담을 가지게 된 국민들이며, 어떤 경우에도 최선을 다하여 변론해줄 것이라 발표했습니다.]

[MR로펌은 그뿐만 아니라 거대기업과 싸우는 중소기업을 위한 법률상담 및 변론 또한 책임질 것이라고 합니다. 경제사회분야 전문가는 현 시대에서 갑을관계로 생기는 불합리한 재판을 바로 잡게 될 혁명이라 여겨진다고 판단한다고 전했습니다.]

한 달하고 2주가 넘게 흘렀다.

"후우……."

일개 퇴물변호사였던 이태광은 깔끔한 목재책상에 있는 자신의 명패를 보았다.

[MR로펌 대표 이태광]

투명한 사무실 유리벽 밖으로는 옹기종기 모인 변호사들과 사무관들의 모습이 보였다. 다들 모이라이와 이태광이 논의하여 결정한 이들이었다.

그들 대부분은 넘치던 정의감 탓에 로펌이나 개인변호사 사무실에서 소외받았다. 갑자기 상당한 계약금과 연봉을 제안해왔으니 놀라지 않을 수가 없었다.

생각했던 인원 중에 거의 100% 가까이 스카우트해올 수 있었다.

"정말 믿기지가 않는군."

법률회사는 창업식까지 마치고 무사히 열었다. 그의 가족들도 지금의 사무실을 보고 깜짝 놀랐다.

똑똑.

그때 이태광의 전속비서인 사무관이 문을 두드렸다.

"아! 무슨 일입니까?"

"의뢰인이 오셨어요."

"들어오시라고 해주세요."

현재 모든 의뢰인에 변호팀 구성은 이태광이 맡고 있었다. 그가 상담을 하고 적절한 변호사에게 사건을 배당해줬다.

안으로 들어온 의뢰인들은 10여 명 정도의 50~60대 정도인 중년남녀들이었다. 그들은 둘씩 손을 꼭 잡고 들어와 고개를 숙였다.

"MR로펌 대표…인 이태광이라고 합니다. 이쪽으로 다들 앉으시죠."

이태광은 아직 대표라는 직함이 입에 붙지를 않아 그 부분에서만 살짝 얼버무리며 지나갔다.

"어떤 일 때문에 오신 거죠?"

남녀들의 가운데 앉아 있던 중년사내가 나섰다.

"그게… 저희 자식들이 공장에서 일을 하다가 몸이 나빠졌어요. 그러다 입원까지 했는데… 잘못되어서요."

"돌아가셨단 말씀이신가요?"

다들 그 물음에 고개를 끄덕였다. 그들이 사건의 실질적인 피해자가 아닌 가족이라는 의미와 같았다.

"정확히 어떤 공장에서 벌어진 건가요? 그 공장의 일로 아프게 된 것이라고 생각하시는 건가요?"

사건내용을 짐작한 이태광은 필요한 질문만 꺼냈다. 그도 검사시절을 거쳐 변호사 생활을 조금은 했으니 가능한 추측이었다.

"SW중공업이란 공장이에요. 그보다 다른 변호사 사무실에서는 다들 맡아주질 않는다고 하던데, 여긴……."

그들은 몇 차례나 거절당했는지 의기소침했다. 지금도 표정에서부터 의뢰를 안 받아줄지 모른단 걱정이 나타나 있었다.

"저희는 어떤 사건이든 받습니다. 그리고 SW중공업이라면… 따로 조사를 해봐야겠지만 저희가 사건을 맡도록 하죠."

현재 SW중공업에 대한 사건은 뉴스가 나오지 않고 있었다. 월드세이프펀드 문진원이 대일신문 사주 송해국에게 사주하여 언론을 막는 중이었다. 당연히 이태광은 그 사건에 대해 듣지 못했다.

"정말인가요? 아… 그럼 선임비용은……."

피해자의 가족들은 변호사가 선임되어도 비용부분에서 걱정될 수밖에 없었다. 상대가 중소기업이라고 해도 배후의 기업이 상당히 컸기 때문이다. 여러 차례 변호사 사무실을 돌다보니 알 수밖에 없었다.

"산업재해에 관한 변론은 무료입니다."

"진짜요?"

"저희 MR로펌은 그러기 위해 만들어진 곳입니다. 물론 대충하지 않을 것이니 걱정은 접어두셔도 됩니다. 일단 밖으로 나가시면 저희 사무장이 안내하여 사건에 대한 자세

한 사항들을 물어볼 겁니다."

이태광의 안내에 피해자 가족들은 반신반의하며 밖으로 나갔다. 그러자 밖에서 기다리던 사무장이 그들을 맞이해 주었다.

"이쪽으로 오시죠."

띵─!

사람들이 이동하는 사이 엘리베이터가 사무실 층에 도착하며 열렸다. 그 안에서 나온 사람은 차준혁과 신지연이었다.

두 사람의 갑작스런 등장에 업무를 보던 변호사나 사무관들은 누구보다 놀란 표정을 지었다.

창업식 때도 보지 못했던 차준혁이 찾아온 것이기 때문이다.

복도로 나와 있던 이태광은 그런 차준혁에게 급히 다가가 고개를 숙이려고 했다.

"이 대표님. 그러지는 마세요."

그 순간 차준혁이 그의 행동을 막았다.

"…예?"

"저보다 어른이시지 않습니까. 그리고 MR로펌은 모이라이에서 지원만 해줄 뿐이지 체계에서는 완전히 독립된 법률회사입니다. 같은 대표의 위치이니 그런 식으로 인사하지 마세요."

"하지만……."

실질적으로 MR로펌의 직원들 월급은 전부 모이라이 본사에서 지급된다. 당연히 그의 입장에서는 어떻게 말한들 차준혁이 윗사람이었다.

"일종의 투자관계라고 생각하세요. 저희는 국민들을 위해 힘쓸 MR로펌 분들에게 투자를 하는 겁니다."

차준혁은 그렇게 말하면서 주위를 둘러봤다. 그러다 사무장을 따라가던 사람들을 보게 되었다.

'SW중공업의 피해자 가족들이군.'

미리 조사를 해두었던 차준혁은 그들이 누군지 알았다. 그러나 아무런 기색도 보이지 않고 다시 고개를 돌렸다.

"오늘은 지난 창업식에 중요한 스케줄로 인해 참석하지 못해서 들른 겁니다. 괜찮으시다면 차라도 한 잔 어떠십니까?"

"아…! 이리로 오시죠."

이태광의 대답에 차준혁은 신지연과 같이 안으로 들어갔다. 그리고 대충 자리를 잡고 앉았다.

"방금 전에 그분들은 사건의뢰자이신가요?"

"맞습니다. SW중공업이란 기업에서 재해를 당한 것 같더군요. 자세한 사항은 확인해봐야 알 것 같습니다."

"흠… SW중공업의 산업재해 사건이라면 상당히 어려울 수가 있겠군요."

차준혁이 의미심장한 운을 띄우자 이태광은 고개를 갸웃 거리며 물었다.

"혹시 아시는 사항이라도 있으십니까?"

"정확한 것은 아니지만 SW중공업 김송주 대표라는 사람이 월드세이프펀드 문진원 회장과 사돈관계인 것으로 압니다."

"설마 그래서 다른 변호사들이……."

웬만큼 어려운 사건이 아니고서야 수많은 변호사들이 피해자 가족들을 문전박대할리가 없었다. 그런 설명 덕분인지 이태광은 아까 전의 의뢰인들이 무엇을 걱정했는지 알 수가 있었다.

"월드세이프펀드는 거대기업 중에 하나입니다. 당연히 상당한 변호사 라인도 갖추고 있죠. 그걸 안다면 변호사들이 그럴 만도 할 겁니다."

"하긴… 저도 그 말을 들으니 좀 긴장되는군요."

정말 SW중공업의 뒤를 월드세이프펀드가 봐주는 것이라면 재판자체부터 쉽지 않을 것이다. 분명 전관예우부터 시작해 재판에 유리한 모든 방법을 강구할 것이 분명했다.

"그래서 변호를 원하는 사람들을 외면하실 겁니까?"

차준혁이 살짝 도발식의 물음을 던지자 이태광의 미간이 살짝 찌푸려졌다.

"어떻게 잡은 기회인데 초장부터 발을 빼겠습니까. 죽이

되든지 밥이 되든지 부딪쳐봐야죠."

이태광은 능력 없는 변호사가 아니었다.

워낙 더러운 의뢰인들만 마주하다보니 거절하던 의뢰가 다수였다.

물론 가족들의 생계가 걸려 있었지만 검사로 살면서 지켜왔던 신념만은 버리지 못했다.

"다행이군요. 그럼 앞으로 잘 부탁드립니다. 혹시 기업에 대한 정보가 필요하게 되시면 언제든 모이라이 본사로 요청하시면 됩니다."

그런 대답과 함께 차준혁은 자신의 사무실 직통번호를 그에게 적어주었다.

"전화드릴 수 있을지 모르겠군요."

"언제든 상관없습니다. 그보다 제가 먼저 연락을 드릴지 모르겠군요. 법률자문을 구해야 할지도 모르니 말입니다."

지금까지 모이라이는 다른 기업이나 직원들과 불화를 겪은 적이 없어서 변호사를 쓸 일이 없었다. 그렇다보니 기업적인 측면에서 필요한 법률자문은 전문변호사에게 의뢰해왔다.

이제는 모이라이의 전용 법률회사가 생겼으니 그럴 필요가 없어졌다.

"그런 문의라면 언제든 괜찮습니다."

"아무튼 MR로펌을 잘 부탁드립니다. 신 비서님. 가도록 하죠."

"네."

조용히 대화를 듣고 있던 신지연은 그런 차준혁의 뒤를 따라서 나왔다. 두 사람은 그렇게 엘리베이터로 다시 올라탈 수 있었다.

침묵이 맴돌던 MR로펌 사무실에서는 안도의 한숨소리가 흘러나왔다. 다들 갑작스런 차준혁의 등장에 너무 놀라서 숨소리조차 내지 못했던 것이다.

한편, 엘리베이터에 타고 있던 신지연은 차준혁을 쳐다보며 물었다.

"SW중공업 산업재해 소송재판은 좀 더 힘내야 한다고 말해줬어야 하지 않을까요?"

이번 소송은 SW중공업을 꼬리로 시작해서 금괴가 숨겨진 대동노인요양원까지 도달하는데 목적을 두었다. 그녀나 겨레회의 입장에서는 어떤 사건보다 중요할 수밖에 없었다.

하지만 차준혁이 특별한 말을 하지 않고 쓸데없는 이야기만 주고받으니 걱정이 된 것이다.

"너무 강조해서 말하면 이상하게 생각했을 거예요. 그리고 이태광 대표님도 의욕이 충만하시잖아요."

네놈들 저승길 노잣돈은 얼마면 되냐? 183

"실패할까봐 그러죠. 솔직히 월드세이프펀드에서 어떤 식으로 재판에 손을 쓸지도 모르잖아요."

재력의 힘은 무시하기가 힘들었다. 특히 월드세이프펀드와 같이 거대기업에서 손을 쓴다면 대충 움직이지 않았다.

분명 어떤 수든 쓸 것이 분명했다.

"저도 알아요. 그래서 저희가 할 수 있는 일로 도울 생각이에요."

"어떻게요?"

"그건 IIS에서 찾아놨을 거예요. 최종적으로 검찰이 SW중공업을 대대적으로 수사하도록 만들면 되는 거니까요."

현재 IIS는 SW중공업이 벌린 일들을 조사하고 있었다. 유독물질을 제품자재로 쓸 정도이니 한두 가지가 아닐 것이다. 당연히 조금만 파보면 여러 범죄현황이 잡히게 된다.

"언론을 통해서 터뜨릴 생각이에요? 하지만 지금 SW중공업 소송건도 대일신문에서 막고 있잖아요."

그녀의 말처럼 사건은 규모에 비해서 언론사를 통해 보도되지 않고 있었다. 누군가 언론을 통제하고 있다는 의미였다. 다른 사람들은 몰랐지만 관계된 이들은 그게 누군지 잘 알았다.

"기껏 마련한 금괴보관 장소를 자신의 실수로 드러내게

될지도 모르니까요."

"아! 건물과 부지를 다른 사람에게 넘겨놓으면 어떻게 해요? 그럼 SW중공업을 공격해도 소용이 없게 되잖아요."

신지연도 차준혁이 조직을 공략하던 방법을 차츰 알아가는지 문제가 될 만한 사항까지 집어냈다.

"지금 시기에 그랬다간 오히려 검찰조사의 주목만 받을 걸요. 이 상태로 SW중공업의 비리만 몇 가지 터뜨려주면 되겠죠."

"언론사가 움직여 줄까요?"

대일신문이 얼마나 큰 힘을 가졌는지 대부분의 언론사들이 꼼짝을 하지 못했다. 차준혁은 소송이 벌어지는 동안 그 족쇄부터 푸는 것이 좋을 듯싶었다.

"거기도 한계가 있을 거예요. 기자들이 모조리 나쁜 사람들은 아니니까요. 그러니 저희 쪽에서도 해결방법을 찾아봐야죠."

천근초위에서는 상황이 중대한 만큼 촉각을 곤두세우고 있을 것이다. 당연히 엄청난 정보를 익명으로 찔러 넣어도 언론사들이 쉽게 움직이지 못한다.

하지만 모든 언론사들이 바보는 아니었다. 누군가 가로 막는다면 의도를 눈치챌 것이니 어떻게든 터뜨리게 된다.

일단 차준혁은 그런 부분 탓에 SW중공업 소송재판과 대일신문도 같이 노려야 했다. 그래야 일들이 막힘없이 순차적으로 진행되었다.

문진원 회장은 대일신문 송해국의 사무실을 방문했다. 자리에 마주 앉은 그들의 분위기는 심각해보였다.

"이대로 계속 막을 수 있겠습니까?"

언론사 통제를 말함이었다. 지금은 잘 틀어막고 있지만 언젠가 크게 터질지 몰랐다.

"실은 한계치에 도달할 것 같아 적당히 가릴 만한 일을 터뜨리려 합니다."

"괜찮은 사건이 있습니까?"

그의 대답에 문진원은 호기심을 가지고 쳐다봤다.

"사람들 관심 끌기에는 연예인만 한 것이 없죠. 거기다 사회면에서는 백봉식 의원의 뇌물수수를 터뜨릴까 합니다. 그 정도면 적당히 가려지겠죠."

"백봉식 의원이라면 저번부터 불거지던 남송건설과의 커넥션인가요?"

기업인들끼리 눈치껏 쉬쉬하는 일들은 많았다. 그저 겉으로 드러나지 않아 입만 다물고서 있을 뿐이었다.

당연히 문진원도 그가 말한 뇌물수수에 대해 짐작만 하

고 있었다. 그런데 진짜라고 하니 재미있다는 표정을 지어
보였다.

"맞습니다. 검찰청으로도 끈이 좀 닿았는지 조용히 덮으
려던 것 같더군요."

"괜찮겠군요. 그거라면 검찰 측의 위신도 떨어질 테니
저희 사건도 좋게 해결될 수 있을 듯싶습니다."

송해국이 꺼낸 백봉식 의원의 사건은 남송건설에서 진행
한 공사에 필요한 부지의 용도전환을 해준 일이었다. 거기
서 백봉식 의원은 남송그룹에서 불법정치자금을 대가로
건네받았다.

다른 언론사에서 먼저 꼬리를 잡아 터뜨리려 했지만 송
해국이 압력을 넣어 잠시 접어두고 있었다. 그걸 이번 기
회에 좋은 용도로 쓰려는 것이다.

"백봉식 의원은 정당인 한민국당과 극을 달리는 야당이
니 좋은 기회가 되겠지요."

어차피 그들이 언론의 먹잇감으로 잡은 상대는 후일을
도모하기 위해 잘라낼 사람이었다. 게다가 기가 막힌 타이
밍까지 잡아냈으니 더할 나위 없었다.

"헌데… 요즘 박승대 원장이 움직임에 제약이 많은 것
같더군요."

"노 대통령 탓이죠. 임기가 얼마나 남았다고 내부조직을
들들 볶고 있으니 말입니다."

국정원장 박승대는 다른 천근초위의 여러 요청에 답하지 못하고 있었다.

인천세관에 대한 사건이나 김원규를 죽이려 했던 일도 그의 도움이 있었다면 좀 더 수월했을지도 몰랐다.

하지만 현 정권이 국정원을 가만두지 않았다. 표면적으로는 남은 임기동안 내실을 다지기 위해서라며 분류별로 내부감사를 벌였다. 계속해서 들쑤셔대니 누구든 쉽게 움직이기가 힘들었다.

사실 그 상황은 겨레회에서 국정원과 박승대의 발목을 잡아두기 위해 벌인 짓이었다. 그들 나름대로 천근초위를 부수기 위한 방법을 강구하며 머리를 썼다.

"지난날의 보복일지도 모르죠. 탄핵 당시에 내부 사람들이 얼마나 그를 몰아붙였습니까. 저 같았으면 기다릴 새도 없이 뒤집었을 겁니다."

다만 송해국과 문진원은 그런 부분을 이상하게 생각하지 않았다. 방금 말한 것처럼 이런저런 일들을 노려 현 정권이 보복하는 것이라고 생각했다.

그들에게 노진현은 인자하고 유능한 사람이 아니라 무능력한 정의감만 높은 대통령이기 때문이다.

"송 사장님 같으면 그러시고도 남겠지요. 저는 오랜만에 힘을 좀 쓰느라 지치는군요."

"SW중공업 재판에 필요한 사람은 제대로 구성된 겁니

까?"

"경력이 적당한 판사와 검사출신으로 섭외해뒀지요."

어떤 재판에든 관례라는 것이 존재했다. 그것이 바로 전관예우로 판사나 검사출신이 변호사로서 첫 재판을 맡게 되면 몇 수를 접어주거나 승소하도록 해주는 비합법적인 관례였다.

물론 두 조직에서는 겉으로 그딴 것이 없다고 주장하지만 전혀 사라지지 않았다. 오히려 자금력이 되는 기업들이 그런 부분을 틈으로 노려댔다.

"증거는 어찌 되었습니까?"

"서울지검에 연이 닿아 있던 터라 시간을 벌 수 있었습니다. 그곳에서 잘만 흔들어준다면 아무런 문제도 없을 겁니다."

"하지만 김송주 대표에 대해서 알아보니 못쓸 부분이 상당하더군요. 앞으로의 일도 중요할 것인데 괜찮겠습니까?"

송해국은 지금 당장보다도 후일이 더 걱정되었다. 애초에 김송주가 제대로 일처리를 하지 못해서 지금과 같은 일이 터졌으니 말이다.

"그건 제가 알아서 하겠습니다. 한없이 부족한 녀석이지만 외가 쪽 사람이니 함부로 처리하기가 어렵지 않겠습니까."

"문 회장께서 고생이 많으시겠군요. 언제나 모자란 것들 때문에 문제가 생기니 말입니다."

그 말에 문진원은 조용히 긍정을 표하며 고개를 끄덕였다.

차준혁은 SW중공업 산업재해에 대한 재판에 필요한 자료들을 부탁받아 살펴보게 되었다. 그 와중에 심기를 건드리는 자료들이 몇 가지 나왔다.

"몇 번을 읽어봐도 진짜 더러운 자식들이네요."

"왜 그러는데요?"

흥분한 차준혁의 목소리에 신지연이 놀라서 옆으로 가까이 다가섰다.

"IIS에서 조사해준 SW중공업에서 사용한 유독물질 분석결과에요. 당장은 아니겠지만 일정 상온에서 미세하게 유독가스가 발생하는 물질이에요."

"정말요?"

더욱 놀란 신지연은 차준혁이 읽던 조사서류를 빼앗듯이 가져가 읽어보았다. 그리고 점점 눈이 크게 뜨이더니 미간이 찌푸려졌다.

"어떻게 이런 물질을……."

SW중공업에서 납품한 철제자재는 TV브라운관 프레임으로 조립되었다. 그런데 TV는 자체적으로도 발열이 심한 가전제품 중에 하나였다. 당연히 일정 상온에서 유독가스가 생성될 것이 당연했다.

"경량에다가 내구도가 기존 자재보다 월등히 뛰어나서 쓰는 것이겠죠. 거기다 자재 원가까지 전에 비해 3배나 저렴하니까요."

어떤 기업이든 이윤이 남아야 경쟁사회에서 살아남을 수 있었다. 그러나 이번 일은 도가 너무 지나쳤다. 가족들이 단란하게 모여서 볼 TV에다가 목숨을 깎아먹는 짓을 해놨기 때문이다.

"말도 안 돼요. 준혁 씨가 살던 시기에도 이런 일이 벌어졌어요?"

"이건 모르겠어요. 그때는 녀석들이 완전히 덮었던 것인지 드러난 것이 하나도 없었던 것 같아요."

서류만 보고 흥분할 정도였다. 당연히 차준혁 정도라며 사건이 터졌을 때부터 떠올렸어야 했다. 하지만 사건이 진행되면서 기억들을 뒤져봤지만 나온 것이 전혀 없었다.

"그래도 이 정도 자료라면 재판에서 이길 수 있겠어요. 명백한 SW중공업의 잘못이잖아요."

정작 중요한 문제는 따로 있었다. 해당 기업이 수입한 물질의 규제가 우리나라에서 통용되지 않았다. SW중공업에서는 그 부분을 집중적으로 공략할 것이 분명했다.

"설마 자신들은 그런 현상이 일어나는지 몰랐다고 잡아 뗄까요?"

"아마도요. IIS에서도 실험을 통해서 그런 결과를 알아낸 거잖아요. MR로펌에서도 유독가스에 대한 위험성을 최대한 강조하겠지만 쉽지 않아요."

신지연은 그런 차준혁의 단호한 대답에 한숨을 내쉬더니 마지막으로 잡힌 계획을 꺼냈다.

"후…! 그럼 이지후 팀장님이 준비할 것을 터뜨려야겠네요. 듣기로는 SW중공업측 변호사들이 계속해서 피해자 가족들과 합의를 진행하려고 접촉 중이라고 하던데요."

민사사건은 합의가 이뤄지면 모든 것이 끝이었다. 만약 성립이 된다면 SW중공업은 유독물질 자재문제가 아닌 다른 것으로 덮어버리려 할 것이 확실했다.

신지연은 자칫 그런 일이 벌어질까봐 걱정스런 표정을 지었다.

"이태광 대표님도 SW중공업이 하는 짓에 독이 올랐는지 잘 관리하고 계세요. 그리고 지연 씨가 말한 대로 우리가 준비한 것도 있잖아요."

"하지만 언론사들이 아직 마비상태잖아요. 그건 준혁 씨가 마땅한 방법을 찾아본다면서요."

차준혁의 예상대로 언론탄압은 한계치에 도달했다. 그

런데 곧장 터진 소식은 SW중공업이 아닌 유명한 연예인의 스캔들과 야당대표격인 백봉식 의원의 뇌물수수 혐의로 벌어진 사건이었다.

 게다가 검찰의 눈감아주기 수사까지 걸려들어 지금도 뉴스는 시끌벅적했다. 이 상태로는 SW중공업의 검찰조사가 이뤄진다고 해도 국민들에게 신빙성을 주기가 힘들었다.

 "역시 천근초위가 만만치 않더라고요. 하지만 사람들의 관심을 다른 쪽에서 줄 방법은 있어요."

 "어떻게요?"

 "곧 있으면 시작될 거예요. 녀석들이 매긴 사람들 목숨값이 얼마인지 몰라도 톡톡히 낼 정도로 말이죠."

 차준혁은 신지연과 다르게 유독가스의 대한 서류를 먼저 접했다. 그래서 수집한 정보를 가지고 계획부터 세웠다.

 겉으로 드러나지 않으면서 국민들이 SW중공업의 이름으로 울부짖을 방법을 말이다.

잘려진 꼬리 끝부터
뼈까지 발라버린다

　[긴급속보입니다. 대한민국을 제외한 아시아권 지역에서 국민들의 언성이 높아지고 있습니다. 원인은 특정 제품에 사용된 철제자재에서 일정 상온에 도달하면 유독가스가 발생되는 물질이 검출된 것이라고 밝혀졌습니다. 유독물질은 가전제품에 사용될 수 있는 6069합금에서 유출되는 머스타드 가스의 일종으로 판명되었다고 합니다.]

　[제품에 쓰이는 양에서 미약하게 유출되는 것으로 조사되었지만 해당 제품을 장기적으로 사용 시 피부수포형성부터 호흡기질환까지 발병할 수 있다는 연구 결과가 나왔습니다. 특히 태아나 유아에게는 치명적일 수 있다고 합니

다. 현재 6069합금은 아시아권 몇몇 국가를 제외한 대부분의 국가들이 수입금지 자재로 정한 상태라고 알려져 있습니다.]

 차준혁은 국내가 아닌 해외를 노렸다.
 물론 해외에서 방송한다고 대한민국의 모든 사람들이 보기는 어려웠다.
 그래서 노린 부분이 언론사 안에 있는 또 다른 나라였다.
 언론사는 부서별로 뉴스를 방송한다. 그러나 해외소식을 전하는데 사회부나 경제부에서 막기는 힘들었다. 게다가 천근초위에서 막아야 할 뉴스를 SW중공업에 대해서만으로 못을 박았기 때문이다.
 아시아권 대부분 국가들이 그렇게 해당 합금의 유독성가스 유출가능성으로 들고일어난 것이다. 대한민국의 언론사들은 그 상황을 보고 대비를 해야 한다며 냉큼 집어 들었다. 바로 차준혁이 노린 수였다.

[SW중공업! 가전제품자재로 유독물질 포함된 6069합금을 사용 및 납품!]
 [해명디스플레이는 모든 것을 알고서 SW중공업 자재를 낙찰한 것인가!]
 [원가대비 3배나 저렴한 유독성자재! 사람 목숨 값도 한

없이 저렴하게 책정!]

언론사들은 가려졌던 눈과 귀가 풀리자 봇물을 쏟아내듯
이 터뜨려댔다. SW중공업 산업재해 재판이 시작되기 불
과 하루를 앞두고 벌어진 일이었다.

그로 인해 SW중공업을 조사하던 검찰 측에게도 힘이 실
렸다. 유독물질자재 납품 꼬리가 드러난데다가 정부 측인
환경부에서도 움직임을 보였기 때문이다.

"모두 닥치는 대로 다 담아! 휴지 한 조각이라도 놔두지
말고 주워서 담아!"

게다가 검찰청에서 SW중공업의 수색영장까지 직접 내
주었다.

그로 인해 유태진은 곧장 지원요청을 넣었다. SW중공업
본사는 안으로 들이닥친 수많은 검사와 사무관들로 인해
모든 서류와 컴퓨터 본체들이 상자에 담아졌다.

"김송주 대표의 위치는 아직인가?"

그 물음에 상자를 옮기던 김정훈 사무관이 옆으로 다가
와서 말했다.

"해외 쪽 뉴스가 터지면서 감을 잡았는지 바로 종적을 감
췄습니다. 일단 출국금지 명령은 떨어졌다고 합니다."

이제 산업재해 재판이 문제가 아니었다. 그 부분이야 환
경부까지 나섰으니 유독물질 사용에 대해 확정되어 엄중

한 처벌이 내려질 것이다.

"쥐새끼 같은 녀석이군. 갈 만한 곳은 찾아봤나?"

"일단 전국에 있는 김송주 소유의 건물들을 뒤져볼 생각입니다. 일단 경기도 일대 몇 군데는 경찰청 수사팀에서 움직여주기로 협의가 되었습니다."

김정훈의 대답에 유태진은 고개가 끄덕여졌다.

"잘 됐군. 수사가 이래야지."

유태진은 예전부터 서로 으르렁거리는 검찰과 경찰의 입장을 좋아하지 않았다.

서로 정의구현을 위해 만들어진 기관임에도 상하관계로 인해 틀어진 감정들을 말이다.

"하지만 운이 좋았습니다. 해외에서 그런 뉴스가 터져서 난리나지 않았으면 우리도 꼼짝하지 못할 뻔하지 않았습니까."

"맞아."

백봉식 의원의 뇌물수수사건이 터지면서 검찰의 움직임이 조심스러워졌다. 그건 특수부라고해서 예외가 되지 못했다.

상부에서도 SW중공업을 조사하는데 신중을 기하라면서 압박까지 들어왔다. 그러던 와중에 해외에서 기가 막힌 소식이 터지며 국내까지 난리가 나게 되었다.

국민들까지 들고일어났으니 검찰에서는 누구보다 빨리

움직여 사건수습을 해야 할 필요가 있었다. 지금이 바로 그렇게 벌어진 상황이었다.

"일단 김송주를 수배해놨습니다. 그리고 해명디스플레이 쪽은 어떻게 할까요? 거기서는 자재에 유독물질이 포함된 것인지 몰랐다고 발을 뺄 텐데요."

수색영장은 안타깝게도 SW중공업에 대해서만 나왔다. 그 때문에 검찰도 더 위로 파보지 못하고 일단 현재 상황에서만 수사를 진행할 수밖에 없었다.

"여기부터 마무리를 짓고 이번 일과 관계된 인천세관 관계자에 대해서도 모든 영장을 재청구해놓도록 하지요."

아무리 환경부 규제에 포함되지 않은 제품자재라고 하지만 조금만 확인을 해보면 모를 리가 없었다. 당연히 누군가 뒷돈을 받고서 통과시킨 것이 분명했다.

물론 지난번에 늦게 떨어진 수색영장으로 뒤져보기도 했다. 그러나 너무 늦었던 탓인지 찾아낸 것도 없이 허탕만 쳤다.

검찰은 이번 유독물질 자재유입에 관련된 모든 인물들을 잡아들일 생각이었다.

"정부에서 힘을 써준다면 오래 걸리지 않겠군요."

"난 먼저 청으로 들어가 보도록 하겠습니다."

상황을 마저 지켜보던 유태진은 SW중공업에서 나와 차로 올라탔다. 그리고 김정훈에게 말한 대로 검찰청으로 차의 방향을 잡고 달렸다.

　검찰청에 도착한 유태진은 선배이자 스승과도 같은 대검
차장검사 박호식을 만나 뜻밖의 이야기를 들었다.

"예? 인천세관 수색영장이 진즉에 떨어졌다고요?"

"그렇다네. 무슨 문제라도 있었던가?"

　검사장 조성우는 사안이 무거워 검찰청에서 승인이 쉽게
떨어지지 않는다고 했다. 그 때문에 이상한 생각에 사로잡
힌 유태진은 사실 그대로 대답하지 않았다.

"아, 아닙니다."

"그보다 SW중공업이 그만한 일을 저지르다니 상부에서
제대로 해결하라고 난리라네. 특수부의 책임감이 막중하
겠어."

　박호식은 심각한 얼굴이었다. 그만큼 SW중공업의 유독
물질 사건은 중대한 기로를 달렸다. 제대로 해결되지 못하
면 검찰의 위신까지 위험해질 수 있었다.

"현재 SW중공업의 대표를 찾고 있습니다. 유독물질을
무책임하게 반입한 인천세관의 관계자까지 탈탈 털 것이
니 걱정하지 마십시오."

"아, 그것 때문에 검찰청에 왔다고 했지. 아무튼 부탁함
세. 난 이만 들어가 보겠네."

　안으로 들어간 박호식의 뒷모습을 보던 유태진은 방금

전에 떠올린 이상한 상황을 되새겼다.

"검사장께서는 영장이 늦게 나온다고 했는데. 선배님도 모르게 중간 절차에서 지체된 건가?"

조성우 검사장이 일부러 그랬다고 보기에는 이유가 없었다. 유태진은 그를 누구보다 청렴결백한 검사로 믿기에 고개를 절레절레 흔들었다.

"맞아. 말도 안 되지. 검사장님께서 고의로 그러셨을 리가 없잖아."

문진원 회장은 자신의 사무실로 찾아온 나도명과 마주앉아 있었다. 제대로 수습되지 못하고 오히려 커져버린 SW중공업 사건 때문이다.

"김송주란 분께서 외가 쪽 사람이라고 하셨지요."

"…그렇습니다."

그의 물음에 문진원은 차분하게 대답했다.

"지금 사태를 아신다면 버려야 할 패 또한 잘 아시리라 생각됩니다."

나도명은 지금 상황을 가만히 지켜볼 수 없었다. 그래서 홍주원을 대신해 직접 찾아왔다.

"하지만 저도 김송주가 지금 어디 있는지 모릅니다. 알면 제가 여기서 이러고 있겠습니까."

"저희가 알아서 하도록 하죠."

그렇게 대답한 나도명은 곧바로 헬하운드에게 전화를 걸었다.

―전화 바꿨습니다.

"지금부터 목표를 바꾼다. SW중공업의 김송주를 찾도록 해라."

―차준혁 대표를 미행 중인 일은 어떻게 합니까?

헬하운드의 마크와 루이스는 그때의 미행을 계속하고 있었다. GPS로 감시를 지속해왔지만 딱히 이상한 움직임을 발견하지 못했다.

"딱히 나온 것이 없으니 철수하고 움직여라. 지금은 이 일이 제일 중요하니 말이야."

―알겠습니다. 바로 움직이겠습니다.

통화를 끝내자 문진원은 탄식을 흘리며 그와 눈이 마주쳤다.

"이번 일은 천근초위의 목숨이 달린 일입니다. 고작 무능력한 인간의 목숨 때문에 위험을 자초하실 생각은 하지 마길 바랍니다."

헬하운드가 김송주를 쫓는다면 생사가 어찌 될 지는 이미 결정된 것이나 다름없었다. 그건 문진원도 누구보다 잘 알고 있었다. 물론 후회는 하지 않았다.

"그런 걱정은 마시지요. 하지만 금괴를 옮겨놓은 건물은 어떻게 할 생각입니까?"

"만약 조사를 나온다면 걸리지 않도록 저희 쪽에서도 조치해두었습니다."

현재 검찰에서 김송주의 비리를 들쑤시는 중이었다. 당연히 사라진 김송주를 찾기 위해서 그의 소유인 부동산부터 확인할 것이 뻔했다.

나도명도 그 사실을 알기에 홍주원에게 지시하여 대동노인요양원이 폐허인 것처럼 꾸며놓도록 만들었다.

"잘 넘어가겠지요."

"어차피 그 곳의 비밀은 아무도 모릅니다. 문 회장님께서 누구보다 잘 아시지 않습니까."

대동노인요양원의 본래 소유주는 문진원이었다. 그 건물을 지은 사람은 그의 조부 문재선으로 친일파로서 모든 악행을 주도했다.

물론 광복으로 본국이 해방된 이후에 모든 자료를 폐기한 것도 문재선이었다. 누구도 알지 못하게 건물에서 벌어진 일들을 은폐시켰다.

"돌아가신 조부께서 말씀하셨지요. 그것이 대한민국을 위한 일이었다고 말입니다. 그래서 누구도 알아서는 안 되니 입을 다물게 만들라고요."

그 말을 듣던 나도명은 조용히 예전 일을 떠올렸다.

"작년이었던가요? 그 당시의 일을 책으로 냈던 사람이 있었지요."

"맞습니다. 상당히 난처한 일이었지요. 천익의 도움 덕분에 조용히 처리할 수 있었습니다."

대동노인요양원의 비밀은 영원히 묻혀야 했다. 그래야만이 문진원의 혈족이 무사히 살아갈 수 있는 방법이었다.

"참으로 사람들은 괜한 호기심에 목숨까지 건단 말이죠. 굳이 걸지 않아도 될 목숨을 말입니다."

"아무튼 조용히 처리되도록 기대하지요."

헬하운드의 마크와 루이스는 김송주가 소유했던 대포폰을 추적해 나갔다. 그건 검찰에서도 알고 있지 못한 흔적이었다.

"부산 쪽이로군."

그들은 차 안에서 마지막 기록을 찾아냈다. 오래 생각할 필요도 없었다.

쫓기는 사람이 부산으로 갔다면 방법은 하나뿐이기 때문이다.

"밀항을 할 생각이로군."

루이스의 대답에 마크도 고개를 끄덕였다.

"찾는데 오래 걸리지 않겠어. 김송주가 차명으로 만든 카드도 추적해보도록 하지."

애초에 천익은 김송주가 문제를 일으켰을 때부터 제거할 계획이었다.

그래서 미리 추적할 정보들을 수집해놓고 조용히 기다리고 있었다.

그런 지시에 루이스가 천익으로 연락을 넣어 카드내역을 추적하도록 요청했다.

카드내역에 관한 정보가 나오는데 오래 걸리지는 않았다. 마크는 그가 내민 내력을 확인하고 비릿한 미소가 지어졌다.

"부산 중구 신창동에서 현금을 인출했군."

"공항으로 이동하자. 거기서부터 추적해 나가면 찾을 수 있을 거야."

두 사람은 곧장 차량의 방향을 공항으로 잡았다. 한시라도 빨리 찾아야 하니 비행기로 부산까지 이동하기 위해서였다.

지직—!

차량에 탄 두 사람의 모습을 지켜보던 이들이 있었다. 그들은 IIS의 배진수, 유강수, 김욱현이었다.

김욱현이 손에 들고 있던 중거리용인 레이저 도청장치였다.

예전에 해명그룹 막내아들인 박원준을 도청했을 때도 썼

다. 그리고 지금은 헬하운드를 몰래 따라다니며 차 안에서 그들의 대화를 엿들었다.

"김송주가 부산 중구 신창동에서 현금을 인출했다고 합니다. 지금 그곳으로 이동하려는 것 같습니다."

"역시 녀석들은 추적할 방법을 강구해뒀군. 강수야! 당장 부산으로 가자!"

어차피 지역은 알아냈다. 계속 헬하운드를 미행했다간 들킬 수도 있으니 따로 움직일 필요가 있었다.

"차로 말입니까? 저 녀석들은 공항 쪽으로 빠지는 것 같은데 말입니다."

운전대를 잡고 있던 유강수가 차가 꺾어 들어가는 모습을 손가락으로 가리켰다.

"그리고 보니 녀석들도 방금 공항으로 간다고 말했습니다."

뒤에 조수석에서 도청을 하던 김욱현도 그의 대답을 거들었다. 그러자 배진수는 잠시 조용히 있다가 그의 머리를 주먹으로 쥐어박았다.

퍽—!

"이 자식아! 제일 중요한 사항을 이제 말하면 어떻게 해! 강수야! 우리도 공항으로 간다! 그리고 욱현이는 경수한테 연락해서 지금 상황을 알려줘."

유강수는 그 말을 들으며 차량의 방향을 바꿨다. 지금 속

도로 길만 잘 잡는다면 그들보다 공항에 일찍 도착해서 이동할 수 있었다.

"빌어먹을! 대체 어쩌다가 일이 이렇게까지 꼬인 거지? 말이 안 되잖아!"

부산 중구 신창동 인근에 위치한 허름한 여인숙이었다. 그곳에 들어앉아 있던 김송주는 꼬질꼬질한 베개를 주먹으로 내려쳐댔다.

"빨리 날짜가 정해져야 하는데."

김종수의 시선은 방구석에 놓인 핸드폰으로 향했다. 예전부터 은밀한 거래를 할 때만 써오던 대포폰이었다.

부산으로 오자마자 수배해놓은 밀항브로커의 연락을 그 핸드폰으로 기다리고 있었다.

일이 제대로 꼬여버린 탓이었다. 그나마 문진원이 연락을 해줘서 검찰 쪽에서 구속영장이 떨어졌단 소식을 들을 수 있었다.

그 때문에 현금도 제대로 챙겨오지 못하고 차명으로 만들어둔 카드로 부산까지 어렵게 도망쳐왔다.

"문 회장님께 연락을 해볼까? 아니지! 아니야!"

구속영장까지 발부된 상태에서 도망까지 쳤으니 검찰에

서 수배를 내렸을 것이다. 당연히 관계가 있는 문진원 회장도 마크대상 중 하나였다.

전화를 했다가 힘들게 도착한 부산에서 잡힐지도 몰랐다. 일단 해외로 빼돌려둔 자금이 있어서 그걸로 살아가면 한국으로 돌아오지 않아도 되었다.

"대한민국에서 뜨기만 하면 되는 거야. 그래. 그러면 되는 거야."

눈 밑이 퀭해진 김송주는 중얼중얼 거리며 구석에 놓아두었던 핸드폰을 집어 들었다. 그러자 기다렸다는 듯이 핸드폰이 울리더니 발신번호 제한이라는 글자가 액정 위로 떠올랐다.

"여, 여보세요?"

―부산항 박 사장입니다. 오래 기다리셨습니까?

"바, 박 사장! 오전까지 전화주기로 하지 않았나!"

시계바늘은 오후 3시에서 넘어가고 있었다. 그만큼 기다렸던 탓에 김송주의 목소리는 심히 날카로웠다.

―허허허! 미안합니다. 원래 없던 운항을 급히 찾다보니 어쩔 수가 없었습니다.

김송주는 최대한 빨리 국내에서 뜨려고 급히 들고 나왔던 현금을 밀항에 대한 선금으로 때려 박았다.

그래서 여인숙 대금도 차명계좌로 파놓았던 카드로 현금을 인출하여 들어올 수 있었다. 혹시나 추적당할지 몰라

CCTV가 있는 장소도 피해 다녔다.

"어떻게 됐나? 날짜가 잡혔나?"

—그러니 전화 드렸지요! 오늘 새벽 1시까지 저번에 말씀드렸던 부두로 나오시면 됩니다.

고작 9시간밖에 남지 않았다. 여태까지 초조해하게 기다리던 김송주는 그 시간조차 하루보다 긴 것처럼 느껴졌다.

"더 빨리는 안 되나?"

—그것도 밤늦게 나가는 운항을 겨우겨우 붙잡아서 만든 겁니다.

박 사장이란 브로커는 중국으로 나가는 배에 청탁을 넣어 새벽에 접촉할 수 있도록 만들었다. 밀항은 그 시간에 맞춰 어선으로 사람들을 날라 옮겨 태우는 것이다.

"크윽… 알았네. 아까 말한 시간에 전에 들었던 장소로 나가면 되는 거겠지?"

—잘 맞춰서 조심스럽게 나오세요. 요즘 쫓기는 분들이 어찌나 많은지 막판에 걸려서 저희도 골치입니다.

능청스런 그의 대답에 김송주는 미간이 구겨졌다. 이번 밀항으로 넘겨줄 대금을 3,000만 원이나 주었는데 그 따위 대접이니 말이다.

"아무튼 그때 보도록 하지."

맞은편에서 통화를 마친 브로커 박 사장은 핸드폰을 던

지듯이 내려놓았다.

"쳇! 신고 안 해버린 것만으로도 감지덕지할 것이지. 어디서 말이 반 토막이야."

브로커 박 사장도 TV를 통해 김송주에 대해 알고 있었다. 그러나 상당한 금액을 밀항선금으로 내놓았던 탓에 신고하지 않고 받아준 것이다.

드르르륵!

그때 두 중년사내가 박 사장의 사무실 문을 열고 들어왔다.

"어이쿠! 어서 오십쇼!"

손님으로 생각한 박 사장은 구겼던 미간을 풀고 급히 미소까지 지으면서 그들에게 다가섰다.

두 사람은 바로 헬하운드인 마크와 루이스였다.

그의 말을 듣던 루이스는 품속에서 김송주의 사진을 꺼내 박 사장에게 내밀었다.

"이 사람 본 적이 있나?"

물론 아는 얼굴이었지만 박 사장은 능청스러운 표정으로 입을 열었다.

"고객님. 여긴 흥신소가 아니고 기념품 가게입니다. 사람을 찾으려면… 커억!"

그 순간 마크가 박 사장의 멱살을 잡아 허공으로 들어올렸다.

212

"다시 묻지. 이 녀석을 본 적이 있나? 이번에도 허튼 소리를 내뱉었다간 이 상태로 네 놈의 등짝을 보이도록 만들어주지."

목을 180도로 돌려버리겠단 의미였다. 그런 협박에 박 사장은 슬금슬금 눈치를 보다가 목에서 느껴지는 통증을 느끼기 시작했다.

"이, 이걸 좀 놔줘야……."

"말해라."

마크가 아래로 내려주자 박 사장은 큰소리를 내며 숨부터 들이쉬었다.

"후우… 죽을 뻔했네."

"이곳에서 밀항을 받아준단 것을 안다. 그러니 빨리 말해라."

"자, 잠깐만요. 내가 천재도 아니고 여기 오는 사람을 하나하나 어떻게 전부 기억합니까?"

"허튼 소리를 하면 죽는단 것을 알 텐데."

박 사장도 밀항사업을 하면서 사전수전 다 겪어봤다. 그중에 위험한 일을 하던 사람도 많아서 그들이 하는 말이 거짓말이 아니란 것을 알고 있었다.

"그 사람이라면… 오늘 새벽에 여기 밀항시켜주기로 한 곳으로 나올 겁니다."

"지금 어디에 있는지는?"

마크와 루이스는 그가 현금을 인출한 신창동으로 가봤지만 아무것도 찾지 못했다.

그래서 부산에서 밀항을 도와주는 업자들을 찾아 들쑤시고 다녔다.

지금 방문한 박 사장의 가게도 5번째로 찾아서 들른 곳이었다.

"몇 시에 어디지?"

"새벽 1시에 감천항부두입니다."

"거짓말은 아니겠지?"

마크의 눈빛은 당장이라도 박 사장의 목을 따버릴 듯이 날카로웠다.

"지, 진짜입니다! 새벽에 거기서 만나기로 했으니 직접 보시면 아시지 않겠습니까."

신용을 목숨처럼 생각하던 박 사장은 어차피 3,000만 원도 선금으로 받았으니 김송주를 그들에게 넘겨버릴 생각이었다.

"기다려보면 알겠지."

그 말을 끝으로 마크와 루이스는 박 사장의 사무실에 자리를 잡았다.

"서, 설마 여기서……."

"도망치거나 허튼 짓을 생각한다면 아까 말한 대로 해주지."

마크가 박 사장을 죽이지 않은 이유는 김송주와 확실하게 만난 상태에서 죽이기 위해서였다.

그러기 위해서는 조심성이 많아진 김송주를 가까이 오도록 만들어줄 사람이 필요했다.

물론 그 사람이 바로 박 사장이라 불리는 밀합업자 박봉출이었다.

그 시간 배진수팀은 헬하운드의 두 사람이 들어간 기념품 근처에서 죽치고 있었다.

"녀석들이 너무 안 나오는데요."

"기다려봐."

김욱현의 물음에 배진수는 골똘히 생각하다가 IIS서울지부 정보팀으로 연락을 넣었다.

—무슨 일입니까?

전화를 받은 사람은 정보분석팀장인 한재영이었다.

"현재 김송주를 쫓기 시작한 헬하운드를 미행하는 중입니다. 그런데 만포기념품 가게라는 곳에 들어갔는데 거기에 관한 정보가 없겠습니까?"

—잠시 기다려보시죠.

통화소리 너머로 자판을 두드리는 소리가 들렸다. 그러다 한재영이 뭔가 찾아냈는지 바로 대답해주었다.

"밀항업자인 박봉출의 가게입니다."

IIS의 모체인 겨레회는 오랫동안 독자적인 정보망을 이용해 정보를 수집해왔다. 당연히 밀항업자에 관한 정보도 어렵지 않게 알아낼 수 있었다.

"밀항업자 가게에서 나오지 않는다면 가능성은 하나뿐이겠네요."

—김송주가 밀항한다는 말이겠군요. 문제가 생기면 바로 연락주시길 부탁드립니다.

통화를 마치자 배진수는 방금 전에 들은 사항을 유강수와 김욱현에게도 알려주었다.

"헬하운드가 김송주를 잡아서 어쩔까요?"

"뭘 어쩌겠어. 아무도 모르게 조용히 지워버리려는 속셈이겠지."

자살한 헬하운드 부대원 3명도 김원규를 죽이려 했던 천익의 요원 두 사람을 살해하려고 했다. 당연히 저번과 마찬가지일 거라 생각되었다.

"하지만 이대로 지키고 있으면 의심을 받을 텐데요. 어쩝니까?"

박봉출의 기념품 가게는 부산국제시장 구석에 있었다. 워낙 유명한 관광지이다 보니 주변으로 많은 사람들이 지나다녔다.

하지만 늦은 시간이 되면 인적이 드물어졌다. 그렇게 되면 장정 세 사람의 모습은 다른 사람들에게 수상해보일 수

밖에 없었다.

"기다려봐라."

그렇게 말한 배진수는 길을 가로질러 박봉출의 가게 뒤편으로 돌아갔다. 가게는 2층에 위치하고 있었다.

"후우……."

탁! 타탁! 탁!

숨을 한 번 고른 배진수는 벽에 튀어나온 부분과 에어컨 실외기 틀을 잡으면서 위로 올라갔다. 2층에 도착하자 살짝 열린 창틈으로 두 사람의 목소리가 흘러나오고 있었다.

대부분 잡다한 이야기였다가 가장 중요한 대목을 듣게 되었다.

―감천항 부두는 여기서 얼마나 걸리지?

―차, 차로 15분 정도면 됩니다. 새벽 1시까지면 여기서 넉넉히 12시 반에 나가면 될 겁니다.

루이스와 박봉출의 대화였다. 그걸 확인한 배진수는 다시 밑으로 내려가서 동료들에게 돌아갔다.

"감천항부두 오늘 새벽 1시다. 거기서 녀석들은 김송주를 만나 해치울 생각이야."

모이라이 지하주차장 구석에서는 두 사람의 고요한 실랑

이가 벌어지고 있었다.

그중에 한 사람은 이지후였다. 아까부터 자신의 스포츠카 앞을 가로 막으며 차준혁과 마주 섰다.

"안 돼! 절대로 못 빌려줘!"

"비켜. 시간 없다."

"저번에 얼마나 밟아대서 우리 레니가 얼마나 힘들어했는지 알아!"

이지후는 자신의 스포츠카에 이름까지 붙여두었다. 그만큼 아낀다는 의미였다.

거기다 지난번에 차준혁이 한명병원 일로 말도 없이 타고나갔다고 지금 이러는 것이다.

"시간 없다고. 부산까지 빨리 내려가야 해."

방금 전 차준혁은 주경수를 통해서 헬하운드가 부산으로 내려갔단 소식을 듣게 되었다. 그러나 비행기를 이용하려면 신분증을 사용해야 해서 차로 가는 방법밖에 없었다. 물론 주변에서 가장 빠른 차를 가진 사람은 이지후뿐이었다.

"너도 하나 사면 되잖아! 나보다 돈도 많은 놈이 왜 차를 안 사!"

"난 평소에 필요도 없잖아. 이번에도 정말 중요한 일이니까. 좀 쓰자!"

차키는 이미 차준혁의 손에 들려 있었다. 그런데 열쇠에

다 경보장치를 달아놨는지 이지후가 정보팀에서 쏜살 같이 올라와 앞을 가로막았다.

"싫어! 네 차를 타고 가!"

"후우… 내가 이런 말까지 안 하려고 했는데. 저번에 연예인 J양 스캔들 대상이 너지?"

SW중공업 사건을 덮는데 이용되었던 연예인 스캔들에 관한 이야기였다.

그때 백봉식 의원의 뇌물수수와 같이 터지면서 사건이 드러나는데 방해가 되었다.

뜨끔—!

"무, 무슨 소리야! 나, 난 모르는 일이야!"

표정이 한 순간에 굳어졌던 이지후는 크게 부정했다. 그 반응만으로도 심증은 충분해보였다.

"P소속사 배우 겸 가수인 J양. 피노엔터테인먼트 지유희 씨잖아. 그런데 같이 찍힌 남자가 너 아니라고?"

당시 연예인 스캔들은 유명한 여자 연예인이 연인처럼 보이는 남자의 스포츠카에서 내린 사진이 터진 것이다.

물론 그 차는 지금 차준혁에 눈앞에 놓인 스포츠카와 동일한 차종이었다.

"피노엔터 양 사장님이 나한테 전화해서 얼마나 죄송하다고 했는지 알아?"

"크윽…….""

양재성 대표의 피노엔터테인먼트는 최대투자처인 모이라이의 덕분에 큰 성공을 이루었다.

 이후 대표 연예인 지유희를 필두로 해서 유명 연예인들을 거느리고 있었다. 당연히 엄청난 스캔들로 주식이 흔들리자 문제가 되었다.

 이지후도 자신의 잘못을 깨달았는지 무릎이 꿇렸다.

 "친구만 아니었어도…! 아무튼 차 좀 빌린다."

 그사이 차준혁은 이지후의 뒤로 돌아가 차에 올라탔다. 동시에 창문을 내리고 그에게 말을 던졌다.

 "아참! 유희 씨한테도 연락이 왔더라. 너한테 청혼을 받았는데 회사 입장 때문에 OK하고 싶었지만 미처 대답하지 못했다고 말이야."

 "뭐?! 그, 그럼……?"

 뒤로 이어진 대답은 당연했다.

 "뻔한 질문을 왜 해? 정보팀은 좀 어눌하니까. 공식적인 직책은 따로 만들어 줄게. 그럼 난 다녀온다!"

 차준혁은 곧장 액셀을 세게 밟으며 모이라이 주차장을 빠져나갔다.

 "이―야호~!

 뒤에서는 기쁨에 찬 이지후의 함성소리가 울렸다.

 몇 시간 후.

밤이 점점 깊어지고 사람들로 정신없었던 부산 감천항 부두에도 고요함이 찾아왔다.

"어디서 기다리기로 한 거지?"

헬하운드의 마크와 루이스는 박봉출을 앞장세워 감천항 부두 안으로 들어섰다. 그런데 비린내가 어찌나 심한지 두 사람의 미감이 내 천(川)를 그리고 있었다.

"조, 조금만 더 가면 됩니다."

세 사람은 그렇게 천천히 걸어가 어선들이 줄줄이 세워진 곳으로 도착했다.

"여기서 기다리면 되나?"

"고, 곧 있으면 그 사람도 나올 겁니다."

마크와 루이스는 눈빛을 번뜩이며 주위부터 살폈다. 혹시나 김송주가 이상한 낌새를 느끼고 도망칠 수 있기 때문이다.

시간이 좀 더 지나자 물이 고인 부둣가 바닥을 걸어오는 발자국 소리가 들려왔다.

"오는 건가?"

"조용히 대기한다. 네 녀석도 허튼짓을 하지 않길 바라지."

마크는 어느새 허리춤에서 권총을 뽑아들어 그의 허리에 다가 겨누었다.

박봉출도 가게에서 그들이 가진 총을 직접 보았기 그 느낌을 알 수가 있었다.

꿀꺽—!

그사이 반대쪽에서도 세 명의 사내들이 걸어오기 시작했다.

마크와 루이스는 미간을 더욱 찌푸리며 총구로 박봉출의 허리를 쿡쿡 찔렀다.

"저 녀석들은 뭐지?"

"배로 밀항을 돕기로 한 녀석들입니다. 저 혼자서 사람을 바다로 실어 나를 수는 없지 않습니까."

두 사람은 밀항에 관한 자세한 사항을 묻지 않았던 탓에 갑자기 벌어진 변수(變數)를 고민하기 시작했다.

"어쩌지?"

"일단 우리도 배로 올라탄다. 바다라면 시체를 처리하기 더욱 쉬울 테니 말이야."

마크와 루이스는 박봉출이 알아듣지 못하도록 불어로 대화를 나눴다.

일개 밀항업자가 불어까지는 익히기 힘들기 때문이다.

"뭐, 뭐라고 하시는 건지……?"

"우리도 배에 올라탄다. 제대로 밀항하는지 확인하는 것처럼 말하도록."

"하, 하지만 이상하게 생각할……."

쿡—!

허리를 더욱 세게 찔러 들어온 총구 탓에 박봉출은 말을 이어가지 못했다. 그사이 양쪽에서 다가온 사람들이 앞으로 섰다.

김송주는 모자에 후드까지 눌러쓰고서 주변을 두리번두리번 거리다가 조심스럽게 말했다.

"뒤에 사람들은 뭔가?"

"그, 그게… 저희 직원들입니다."

"저번에는 없었잖아."

대화를 나누는 모습에 옆으로 다가온 사내무리 중 선장인 우상국이 입을 열었다. 처음 보는 사람이 셋이나 되자 그도 헷갈려 했다.

"박 사장. 누굴 데려다 주면 되나?"

"여기 이 사람이네. 그리고 이번에는 확인 차 우리도 같이 타고서 움직여야… 할 것 같아."

박봉출은 뒤에 선 마크와 루이스 때문에 지금까지 전혀 없었던 일정을 꺼냈다. 그러자 선장인 우상국의 미간이 어둠 속에서 깊게 파였다.

"무슨 소리인가? 박 사장. 우릴 못 믿겠단 건가?"

"미, 믿지! 당연히 믿고말고! 헌데 이번 고객님은 워낙 중요해서 말이야."

어떻게든 핑계를 만들지 못하면 뒤에 선 두 사람이 무슨 짓을 할지 몰랐다.

그 탓에 박봉출은 이마로 식은땀을 흘리면서 계속 말을 이어갔다.

"그냥 따라만 가는 것이니 너무 신경 쓰지 말게."

"나보고 그딴 말을 믿으란 건가?"

의심이 거세지자 박봉출은 이를 악 물었다.

"5할! 선금에다가 마무리까지 6천을 받기로 했으니 3천만 원 떼어주겠네."

원래는 3할인 1,800만 원만 넘겨주면 되었다.

그런데 5할까지 제안하자 우상국은 잠시 고민에 빠졌다.

"쩝—! 그렇게까지 말한다면 어쩔 수 없지. 시간도 없으니 빨리 타도록 하게."

우상국의 부하들은 어느새 배로 올라타고서 조용히 출항 준비를 갖추고 있었다. 어선이라 새벽 출항이 정식으로 예정되어 있기 때문이다.

"김 사장님도 빨리 타시죠."

그들의 살벌한 대화가 오가던 사이에 김송주는 사람들이 자신을 알아볼까봐 고개까지 돌리고 있었다.

"그, 그러지!"

김송주가 먼저 오르자 뒤를 이어서 다른 사람들도 모두 배 위로 탑승했다.

준비를 마친 선원들이 주변을 살피고서 모두를 선실 안쪽으로 숨겨진 공간으로 안내했다.

"여기로 들어가 있으면 됩니다!"

출항을 나갈 어선은 경찰에서 확인하기 때문이다. 다들 그 정도 지식은 있는지 군소리 없이 비밀공간으로 들어갔다.

그사이 멀리서 출항확인을 할 경찰들이 다가와 선원들의 신분증을 확인했다. 몇 번이고 나갔던 출항이기에 절차가 까다롭지는 않았다.

"출발~!"

차가운 새벽 공기를 울리는 우상국의 외침과 함께 배가 부둣가를 벗어나기 시작했다.

두두두두두두~!

바다로 향한 배는 방파제를 지나가 부두와 점점 멀어졌다. 해안가와 완전히 멀어지자 선원들이 비밀공간의 문을 열어주었다.

"여기서 1시간만 더 가면 되니 나와 있어도 돼."

"그, 그렇군."

밖으로 나온 박봉출은 여전히 안절부절못하며 눈치만 보는 중이었다.

다른 사람들은 주변을 살피느라 그런 모습을 발견하게 못했다.

"이상하게 오늘 따라 배가 무거운데?"

"파도 때문에 그런 거 아닙니까?"

배의 방향을 잡고 있던 우상국이 중얼거리자 옆으로 온 선원이 높아진 파도를 보며 말했다.

"아니야. 이상하게 배가 생각보다 안 나가는데. 혹시 닻을 안 올려놓은 거 아니야?"

만약 닻이 제대로 올라오지 않은 상태라면 가능성이 있었다.

그러나 선원들이 준비했을 때에 기본적으로 확인한다.

"분명히 스위치를 올렸습니다."

"모터가 고장 난 걸 수도 있으니까. 제대로 다시 확인해 봐."

선장의 말에 선원 중 하나가 닻이 올라와야 할 위치로 다가가서 고개를 숙였다.

"…응?"

픽—! 풍덩—!

그 순간 선원은 갑자기 앞으로 고꾸라지더니 바다로 빠지고 말았다.

주변에 있던 사람들은 깜짝 놀라며 갑판 끝으로 다가섰다.

물론 선장도 급히 배를 멈출 수밖에 없었다.

"파도가 치지도 않았는데 왜 빠진 거야?"

배는 큰 흔들림 없이 멀쩡히 달리던 중이었다. 그보다 더 큰 문제는 방금 전에 빠진 선원이 아무런 행동도 하지 않

 226

고 둥실둥실 멀어져가는 것이다.

"저 자식… 어디 부딪쳐서 기절한 거야? 야! 빨리 끌어
와!"

선장의 지시에 남아 있던 선원은 몸통에다가 밧줄을 묶
고서 바다로 뛰어들었다. 빨리 헤엄쳐 가서 잡기만 하면
남은 사람들이 끌어주기만 하면 되었다.

하지만 열심히 헤엄을 치던 선원도 얼마 가지 못하고서
둥둥 떠내려갔다.

"뭐지?"

뭔가 이상함을 느낀 마크와 루이스는 품속에 숨겨두었던
권총을 꺼내들었다.

"박 사장! 저 자식들 뭐야!"

조타실 창문 밖으로 고개를 내밀고 있던 선장 우상국은
깜짝 놀라면서 소리쳤다.

"조용히 닥치고 있어라!"

"무슨 개소……."

피픽!

그 순간 소음기가 달린 권총이 발사되었다. 탄환이 그의
옆으로 스치고 지나가자 모두 침묵하면서 파도소리만이
들려왔다.

"설마 여기까지 그 녀석들이 따라온 건가?"

헬하운드는 나도명과 홍주원을 통해 정체불명의 조직에

대해서 들을 수 있었다. 그러나 부산까지 오는데 미행의 기색은 없었다. 나름대로 프로이기 때문에 어떤 상황에서나 주의했다.

"선원이란 녀석들이 저렇게 빠질 리가 없잖아. 누군가 배 밑에 들러붙어서 따라온 거야."

"우리가 뒤를 잡혔단 말인가?"

"아니면 미리 알고서 기다리고 있었을지도 모르지. 일단 저 녀석부터 처리한다."

표정이 살벌해진 마크는 구석에서 떨고 있던 김송주에게 총구를 겨누었다.

"바, 박 사장! 이게 어, 어떻게 된 거야!"

너무 놀란 김송주는 자신처럼 움츠러든 박봉출에게 따지기 시작했다. 어차피 죽을 거 이유라도 알고 싶었기 때문이다.

"전부 네 녀석 때문이잖아!"

"뭐, 뭐……?"

김송주가 멍해진 사이에 박봉출은 조심스럽게 루이스를 보며 다가갔다.

그리고 그의 바짓가랑이를 잡고서 떨리는 목소리로 말했다.

"저, 저는 살려주시는 거죠? 여기까지 안내해 드렸잖습니까."

"어쩔까. 마크."

"빨리 치워버려."

픽—!

그 순간 루이스는 아무런 망설임 없이 탄환으로 박봉출의 머리를 꿰뚫었다.

그런 광경에 김송주는 더욱 놀라면서 갑판 모서리에 등을 기대어 조금씩 뒷걸음질했다.

"루이스! 긴장을 놓지 마라. 어디서 숨어 있는 녀석이 튀어나올지 몰라."

아직 선원들이 기절한 이유가 파악되지 않았지만 마크는 최대한 상황을 의심하며 분위기를 고조시켰다.

"너나 빨리 처리해! 어차피 바다 속이라면 단번에 올라올 수 없을 테니까."

어떤 옷을 입었던 간에 물기를 머금게 된다. 당연히 불어난 무게로 단번에 갑판으로 올라오는 것은 불가능했다.

루이스가 그렇게 자신만만하게 말하는 사이 뒤쪽 수면에서 검은 인영이 튀어 올라왔다. 동시에 엄청난 살기가 사방으로 흩뿌려지며 갑판 위에 있던 사람들의 전신을 옭아맸다.

"뭐, 뭐야!"

퍼퍽! 퍽!

깜짝 놀란 루이스는 급히 총구의 방향을 고쳐 잡으려 했다.

하지만 살기로 인해 전신의 근육이 잠시 동안 멈칫거리면서 대응할 수가 없었다.

결국 검은 인영에게 치명적인 복부와 목 급소를 맞고서 바닥으로 무너져 내렸다.

"역시 있었구나!"

그 틈에 마크는 총구의 방향을 바꾸었다.

검은 인영은 루이스가 쓰러지는 대로 몸을 낮추면서 갑판 위를 훑듯이 달렸다. 파도로 인해 배가 이리저리 흔들림에도 엄청나게 빨랐다.

피픽! 픽—!

어선의 선두 갑판 쪽은 그리 넓지 못했다. 당연히 피할 곳도 변변치 않았다. 그럼에도 검은 인영은 날카로운 분위기를 뿌리며 요리조리 피해 다니고서 마크의 코앞까지 다가섰다.

그때부터 긴박한 근접전이 시작되었다. 방심하고 있던 루이스와 달리 마크는 중심을 잡으며 공격에 대비하고 있었다.

서로의 주먹이 좁은 갑판 허공을 갈랐다. 그러다 검은 인영이 내질러진 루이스의 팔을 휘감으며 급히 중심을 낮추었다.

오른팔이 잡힌 채 앞으로 무게가 쏠린 마크는 빠져나오

지 못하고 갑판으로 패대기쳐졌다.

"크억—!"

검은 인영의 공격은 거기서 끝이 아니었다. 그를 메침과 동시에 뛰어올라 팔꿈치부터 비틀면서 겹쳐 있던 무릎을 역으로 밟아버렸다.

우드득—!

"크아아아악—!"

파도소리 사이로 끔찍한 비명이 울려 퍼졌다.

"이 정도면 한동안 움직이지 못하겠지."

갑자기 들이닥친 검은 인영의 정체는 다이버슈트 차림을 한 차준혁이었다.

물론 위장용 광학패치를 착용해 얼굴을 알아볼 수 없게 만들었다.

낮에 이지후의 차를 빌려 타고서 부산에 도착해 밀항어선이 출발할 시간에 맞춰서 매달려 있던 것이다.

그사이 차준혁의 시선은 덜덜 떨고 있는 김송주에게 향했다.

"곧 있으면 여기로 해양경찰이 올 거다. 살고 싶다면 네가 저지른 모든 일을 있는 그대로 말하는 것이 좋을 거야. 만약 그렇지 않는다면 다음은 네 녀석이다."

차준혁은 품속에서 아피솔라젠의 탄환을 꺼내 배에 올라탄 모든 이들에게 주사했다.

그걸 발사할 총은 닻에 매달려오면서 바닷물을 심하게 먹었는지 선원 2명을 쏘고서 먹통이 되었기 때문이다.

"된 건가?"

그렇게 모든 이들이 쓰러지자 차준혁은 고개를 돌렸다. 부두 쪽에서 대기하던 배진수 팀이 신고를 넣었는지 4대의 해양경찰 기동선이 다가오고 있었다.

"이제는 검찰에서 알아서 처리할 일이겠군."

모든 것이 완료되자 차준혁은 산소봄베와 마스크를 매달아둔 어선바닥의 방향으로 뛰어들었다.

먼 바다까지 나온 상태라서 자력으로 돌아가기는 힘들었다. 그래서 이번에는 해양경찰 기동선에 닻에 매달려서 갈 계획이었다.

특수부 부장검사 유태진은 지난번 검찰청을 방문했다가 들었던 말이 잊히지 않았다.

"예? 인천세관 수색영장이 진즉에 떨어졌다고요?"

"그렇다네. 무슨 문제라도 있었던가?"

검사장 조성우는 대검차장검사 박호식과 같이 유태진에

게 소중한 선배였다.

그런데 곧바로 나왔다고 한 세관수색영장이 박호식에게 들은 기일보다 몇 주나 늦었다.

혹시나 하며 몇 번을 다시 확인해 봐도 조성우가 늦게 준 것이 분명했다.

"대체 어떻게 된 거지… 중요한 수색영장이란 걸 알고계시니 깜박하실 리도 없는데…….."

영장 때문에 유태진이 그의 사무실을 방문했을 때도 분명히 신경 써준다고 했다. 그러니 더욱 이상해진 상황을 떠올리며 머리가 아파올 수밖에 없었다.

유태진은 자신의 사무실에서 열심히 고뇌했다.

뚜루루루! 뚜루루루루!

그때 유선전화기가 울리며 상단액정에 검찰총장실 번호가 떴다. 그 번호로 전화를 걸 일이 없지만, 검사라면 누구나 외우고 있었다.

"헉—! 큼! 큼!"

깜짝 놀란 유태진은 목을 한 번 가다듬고서 조심스럽게 수화기를 들어올렸다.

"특수부 부장검사 유태진입니다."

─성대봉이라고 합니다. 중요한 일이 있어서 그러는데 내 사무실을 방문해주실 수 있겠습니까.

본론부터 바로 꺼낸 그의 목소리에 유태진은 생각할 겨

를도 없이 대답했다.

"아, 알겠습니다. 바로 찾아뵙겠습니다."

잠시 후, 유태진은 검찰장실 앞에 도착해 옷매무새를 가다듬었다.

그런데 언제나 문 옆에서 자리를 지키고 있는 검찰총장 직속 직원이 자리를 비우고 있었다.

원래는 그를 통해 들어가야 하지만 자리에 없자 스스로 문을 두드렸다.

똑똑!

"들어오세요."

차분한 성대봉의 대답이 들려오자 유태진은 안으로 들어갈 수 있었다.

"차준혁 대표께서 여긴 웬일로……?"

검찰총장실 안에는 성대봉 혼자서 있던 것이 아니었다. 맞은편 자리에 모이라이의 대표인 차준혁도 같이 앉아 있었다.

당연히 의아할 상황이라 유태진의 고개가 갸웃거려졌다.

"반갑습니다. 유태진 부장검사님. 예전에 천성건설 사건 이후로 오랜만에 뵙습니다."

"아… 그렇죠."

차준혁은 천성건설의 박천설을 처단했을 때 유태진에게

중요한 비리정보들을 넘겨줬다.

그 이후 박천성은 수많은 죄목으로 무거운 판결을 받아 지금도 복역 중이었다.

"오늘은 중요한 문제에 대해 논의 드리기 위해 검찰총장님을 통해 부장검사님을 호출한 겁니다. 일단은 앉으시죠."

멀뚱히 서 있던 유태진은 정신을 차리면서 상석에 앉아 있던 성대봉의 우측 대각선 자리로 착석했다.

"다시 이야기해주시죠. 차 대표."

성대봉은 중요한 일에 대해서 들었는지 차준혁에게 설명을 권해주었다.

"제가 지금부터 말씀드릴 사항은 절대 밖으로 새어나가선 안 되는 일입니다."

"대체 무슨 일이기에 그런 겁니까? 혹시 SW중공업 사건과 관계된 일입니까?"

현재 특수부에서는 밀항하려다가 잡힌 김송주를 심문하고 있었다. 물론 그와 더불어 암살시도를 했던 마크 챙과 루이스까지 검거했다.

하지만 김송주를 제외한 두 사람은 여전히 입을 열지 않았다. 설마하며 의문만 커진 유태진은 몸까지 앞으로 빼면서 귀를 기울였다.

"어찌 보면 SW중공업 사건과 연관된 것도 맞을 겁니다.

허나 그건 더 큰 배후의 흔적에 불과합니다. 혹시 김송주의 소유로 되어 있던 부동산 중에 대동노인요양원이라고 알고 계십니까?"

그 물음에 유태진은 김송주를 찾기 위해 수색지시를 내렸던 부동산 이름들을 떠올려봤다.

"기억나는군요. 오래전에 폐쇄된 곳으로 특별한 점은 없던 것으로 알고 있습니다."

"이 사진을 보시고도 그 확신이 계속 유지될지 모르겠군요."

차준혁이 내민 사진은 처음부터 테이블 위에 뒤집혀 있었다. 그걸 보게 된 유태진의 고개가 아까보다 크게 갸웃거렸다.

"이건 위성사진이 아닙니까."

"맞습니다. 그것도 대동노인요양원을 찍은 사진입니다. 이번에 모이라이에서 출시되는 지도프로그램 업데이트를 위해 찍은 것이죠."

우연이란 것을 강조한 차준혁은 계속 말을 거기서 그치지 않고 계속 이어 나갔다.

"아시다시피 저는 현재 경찰특별수사고문으로 수사 1팀 수사에 도움을 주고 있습니다. 특수부로 그 사건이 넘어갔으니 잘 아시겠죠."

"설마 SW중공업 사건이 그 사건과 연관되었단 말입니

236

까? 하지만 어떤 연결점도 없지 않습니까?"

차준혁이 고문을 맡았던 사건은 고창수와 김정목 살인사건이었다.

당연히 최악의 사건으로 불리는 SW중공업 유독물질자재사건과 관련되어 보이지 않았다.

"이것도 보시죠. 미처 전해드리지 못한 자료입니다."

"뭡니까. 이게……."

유태진은 차준혁이 내민 서류를 꺼내 읽어보았다. 그 안에는 외국인 신분인 5명의 신상정보가 적혀 있었다.

"보시면 아시겠지만 그중에 3명은 고창수, 김정목 살인사건의 용의자들을 죽이려고 했다가 잡히고서 자살한 인물들입니다. 그리고 다른 2명은 설명해드리지 않아도 알아보시겠죠."

그 물음에 유태진의 고개가 천천히 끄덕여졌다. 다른 2명은 김송주를 죽이려 했던 용의자들이기 때문이다.

"어떻게 이 용의자들의 정보를… 어디서 구한 것입니까?"

유태진은 그들의 신원정보를 읽고서 해외국적자란 것을 알았다.

타국의 특정인원 신상정보는 구하기가 어려웠다. 그렇기에 정보의 출처가 더욱 궁금해졌다.

"미국의 미토스 코퍼레이션을 통해 알아낸 것입니다. 암살시도가 벌어졌던 병원 목격자들에게 들으니 군대식 격투기술을 구사했다고 하더군요. 그걸 토대로 용병이 아니었을까 유추하여 찾을 수 있었습니다."

"그러고 보니 차 대표께서는 특수부대 출신이셨죠."

보통사람이라면 몰라도 차준혁은 군대에서도 출중했던 호평을 받았다. 실력이 인정되기에 유태진은 그의 눈썰미를 충분히 신뢰했다.

"물론 정보를 얻는데 대가도 치르긴 했지만 이렇게 사용되니 이득인 것이죠. 이제 그걸 보셨다면 두 사건이 연관되었단 것을 이해하시겠습니까?"

자살한 3명과 이번에 부산바다에서 검거된 2명은 마지막으로 활동했던 부대와 파견지가 같았다. 당연히 서로 알고 있는 사이라고 볼 수밖에 없었다.

"우리가 모르는 누군가가 이번 사건들의 주범들을 죽이라고 지시했단 의미군요."

"역시 이해가 빠르시군요."

지금까지의 설명은 검찰총장 성대봉도 유태진이 오기 전에 들었다. 그래서 대략적인 설명이 끝난 것을 알고서 입을 열었다.

"부장검사도 이해를 했다면 이번 사건들이 얼마나 중요한 것인지 알 것이라 생각됩니다. 이건 법치국가의 위상을 무시하는 행태이죠. 사람의 목숨을 그 따위로 취급했으니 말입니다!"

지금까지 꾹 참고 있던 성대봉은 노성을 터뜨렸다. 법으로 인한 정의구현을 위해 검찰총장에 오른 그로서는 도저히 용서할 수 없는 상황이기 때문이다.

"상황은 저도 알겠습니다. 그런데 지금도 조사를 하는 중 입니다만… 어떤 질문을 해도 암살용의자들이 입을 열지 않습니다."

지금 차준혁이 준 신원정보 서류라면 그나만 입을 뗄 지도 몰랐다. 그러나 일정 기간 이후로 행적이 기록되지 않아 약점이 될 만한 사항은 없었다.

결국 제자리걸음만 하게 될 확률이 높았다.

"그래서 본격적인 수사를 위해 검경합동수사본부를 만들려 합니다. 부장검사의 생각은 어떻습니까?

검경합동수사본부는 검찰과 경찰이 공조하여 특정사건을 집중적으로 수사하는 특수시스템이었다.

그러나 워낙 서로에 대해 불만이 많다보니 실패한 경우가 많았다.

"지금 정황대로라면 필요할 겁니다. 그러나 검찰총장님 외에 다른 분들이 어떻게 생각할지 모르겠습니다."

아무리 검찰총장이라도 독단으로 중요한 결정을 내릴 수는 없었다. 그만한 이유가 필요했고 수뇌부들도 설득해야만 한다.

"그건 제가 알아서 할 일이니 걱정하지 않아도 됩니다. 유태진 부장검사가 그 합동수사본부의 수장이 되어준다면 말이죠."

"제가 말입니까? 하지만 어떻게… 그보다 암살용의자 있단 것만으로 본부가 설치되는 겁니까?"

검경합동수사본부는 나라가 흔들릴 만큼의 사건을 수사할 때 발동된다.

그렇기에 수장도 일반 평검사나 부장검사가 아닌 검사장 직위 이상이 맡아왔다.

부장검사인 유태진으로서는 의문만 잔뜩 들었다.

"그 이유에 대해서는 차 대표께서 설명해줄 겁니다."

"뭔가 더 알아낸 것이 있습니까?"

유태진의 고개가 다시 차준혁을 향해 돌아갔다.

"고창수, 김정목 살인사건을 수사하던 중에 인천세관 인근에 있는 GHE상회가 폭발한 사건이 있었습니다. 대외적으로는 전기누전에 의한 가스폭발이라고 나왔지만 실상은 그렇지가 않습니다."

GHE상회 폭발사건은 유태진도 알고 있었다. 당시 사장 고호율을 포함한 회사 수뇌부들이 퇴근 후에 모두 모여 폭발에 휩쓸려 사망했기 때문이다.

물론 사고로 마무리가 되어 관심을 깊게 가지지 않았지만 피해규모가 커서 기억할 수 있었다.

"거기에 뭔가 더 있었단 말입니까?"

"여기서부터 설명드릴 것은 비합법적으로 조사한 것들입니다. 제 인맥을 동원해 폭발사고현장을 확인해보니 발화원인이 누전이 아닌 고의적으로 설치된 착화기라고 하더군요."

"그게 정말입니까? 대체 누가…….."

누군가 고의로 폭발원인을 만들었단 의미였다. 당연히 유태진으로서는 이해가 되지 않았다. 도대체 누가, 왜 멀쩡한 상회를 폭발시킨단 말인가. 누가 생각해도 이유를 알기가 힘들었다.

"이후에 인천세관에서 GHE상회 소유의 컨테이너가 세관에서 나와 입하되었습니다. 소유주가 사망했는데도 말입니다. 이상하지 않습니까?"

차준혁은 증거를 위해 GHE상회 소속 컨테이너 목록과 미리 찍어두었던 사진들을 내밀었다. 컨테이너 외관에는 소유자를 증명할 코드가 찍혀 있기 때문에 알아보지 못할 리가 없었다.

"제대로 설명해주십시오. 이것들이 앞전에 말한 사건과 무슨 관계가 있는 겁니까?"

"컨테이너의 짐들이 경기도 외곽에서 트럭으로 옮겨져 김송주의 소유였던 대동노인요양원 인근에서 사라졌는데도 이해가 안 되십니까?"

차준혁은 월드세이프펀드의 문진원이 급히 소유자부터 이전 시킨 것을 알아내었다.

"컨테이너에 뭐가 실려 있기에 그런 짓을 저질렀단 말입니까? 그리고 김송주 소유였던 이라뇨."

"며칠 전에 확인한 겁니다. 현재는 누군지 알 수 없도록 외국인에게 등기가 이전되었죠. 뭔가 켕긴단 의미이지 않겠습니까."

애초에 소유자인 김송주는 검찰과 경찰에게 수배외도 쫓기고 있었다.

그런 상황에서 건물과 부지소유권을 다른 사람에게 이전시키기는 불가능했다.

"거기에 중요한 물건이라도 숨겨놨단 겁니까?"

"확실한 것은 그곳을 뒤져봐야 알겠죠."

"하지만 경찰들이 그곳을 뒤져본 상태입니다. 그리고 트럭이 그곳으로 갔다는 증거도 없지 않습니까."

계속되는 의문에 차준혁은 예전에 겨레회 수뇌부에게 보여줬던 흑색바다란 책을 꺼내들었다. 검찰청을 움직일 중요한 상황인 만큼 만반의 준비를 해온 것이다.

"예전에 그 지역에 관한 소설을 읽은 적이 있어서 찾아낸 것입니다. 일제강점기에 대동노인요양원으로 추측된 건물에서 벌어진 만행에 대한 실화가 기록되어 있죠. 여기서 건물 지하에 마련된 지하통로와 비밀공간이 나옵니다."

"내용의 확인이라면 신뢰해도 되네. 나도 읽어본 책이니 말이야."

검찰총장은 차준혁의 설명에 힘을 실어줬다. 그만큼 지금까지 들은 이야기를 믿고 있다는 증거였다.

"그 말은 대동노인요양원 건물 지하에 무언가를 숨겨뒀고, 누군가 숨기고 있단 말이군요."

"고창수, 김정목 살인사건, SW중공업 유독물질자재사건, GHE상회 폭발사건. 세 가지 사건이 모두 연결되어 그런 추측에 도달했습니다. 물론 직접 찾아내기 전까지는 증명할 수 없습니다."

모든 것을 털어놓으려면 겨레회와 IIS부터 드러내야 했다.

그러나 두 조직은 앞으로 대한민국의 그림자 속에서 국가를 보호할 곳이었다.

그 사실을 차준혁도 잘 알기 때문에 최대한 드러낼 수 있는 증거들만 끌어 모아 지금과 같은 자리를 마련했다.

"검경합종수사본부의 수사목표는 이 대동노인요양원이겠군요. 그런데 왜 저보고 수장을 맡으라고 하십니까? 혹시 사건해결이 실패했을 때를 대비해……."

경중이 다른 세 사건의 연관성은 분명히 있었다. 그러나 실제 그 규모와 정체를 알지 못하기 때문에 해결여부가 불분명했다.

그 탓에 유태진은 일이 잘못되었을 때의 희생양으로 자신이 선택된 것이라 의심하고 있었다.

"사실 처음에 저는 조성우 검사장을 생각했습니다. 그러나 최근에 좋지 못한 행적이 있었더군요."

서울지검 조성우 검사장은 누구에게나 존경받는 인물이었다.

그건 유태진도 마찬가지라 성대봉 검찰총장의 대답에 의문을 가졌다.

"뭘 했는데 그렇게 생각하십니까?"

그 순간 유태진은 조성우가 세관수색영장을 늦게 건네주었던 것을 떠올릴 수 있었다.

"최근에 서울지검 검사들이 맡고 있던 기업수사가 난항을 겪지 않았습니까. 결과도 증거불충분으로 대부분 기각되었고 말입니다."

유태진도 서울지검 소속 특수부이기 때문에 그 일을 잘 알고 있었다.

기업들이 대상이다 보니 상부의 신중함 때문에 영장발부가 늦어졌다고 동료나 후배 검사들이 심각하게 투덜거렸다.

"조사를 해보니 전부 최대한 빠르게 처리되었던 서류들이라고 하더군요. 물론 그것만 가지고 조성우 검사장을 의심할 수는 없겠지만, 문제가 될 만한 정황은 분명합니다."

예전에는 없던 일이었다. 조성우는 누구보다 후배 검사들을 걱정하고 격려해주며 일선에서 일해 왔다. 그런데 최근 들어서 중간에서 조성우가 승인해줄 서류들이 늦고 있었다.

"중간과정에서 문제가 있던 것이 아닙니까?"

"내가 그것도 확인해보지 않았겠습니까?"

성대봉은 무늬만 검찰총장이 아니었다. 그만큼 경험과 실력을 쌓아 올라온 인물이었다. 게다가 누군가를 의심할 때에 어떤 경우보다 신중했다.

다른 사람들이 돌다리를 한 번 두드려본다면 성대봉을 100번 두드려본다고 소문이 날 정도였다.

"후우… 그럼 제가 선택된 이유는 뭡니까? 다른 검사장님도 많지 않나요?"

의문을 옆으로 밀어둔 유태진은 그렇게 물으며 성대봉을 쳐다봤다.

"지금 사건들의 의문점을 들고 온 차준혁 대표가 추천을 하더군요. 저도 그 생각에 동의하기에 이 자리로 부른 것입니다."

유태진은 차준혁과 눈이 마주쳤다. 어쩌면 엄청난 짐을 지어주는 것이나 다름이 없었다.

관례에서 벗어나 부장검사가 검경합동수사본부의 수장이 되는 것이니 말이다.

물론 승낙하게 되면 유태진으로서도 그만큼 각오가 필요했다.

"하겠습니다. 직접 수사하여 무엇이 있는지 모든 것을 밝혀내보겠습니다."

"결정이 빨라서 좋군요."

"검찰총장님. 제 의견을 들어주셔서 감사합니다.

그런 대답을 기다리던 차준혁은 성대봉에게 고개를 숙였다.

반면에 성대봉은 고개를 저으며 말했다.

"솔직히 사회의 썩은 부위를 도려낼 수 있는 기회라고 결정한 모험입니다. 이번 일이 잘못되면 제 자리도 곱게 지킬 수는 없겠지요."

유태진은 그들의 대화를 듣고 자리에서 일어났다.

"저는 이만 암살용의자들을 추가 조사하러 가보겠습니다. 이 서류는 증거로 가져가도 되겠죠."

그의 손에는 차준혁이 보여주었던 헬하운드의 신상서류가 들려 있었다.

"수사에 쓰려던 것이니 마음대로 하셔도 됩니다."

"힘든 조사셨을 텐데 감사합니다. 그럼 합동수사본주부가 준비되는 대로 들어오겠습니다."

차준혁은 그가 등을 돌리려 하자 급히 일어섰다.

"부장검사님. 한 가지 더 중요한 정보가 있습니다. 제가

알기로는 특수부에……."

앞으로 일을 진행될 일을 위한 중요한 정보였다.

그렇게 차준혁은 유태진에게 바싹 붙어 조용히 설명해주었다.

며칠이 흘렀다.

밀항하려다가 해양경찰에게 검거된 김송주는 국민들에게 엄청난 비난을 받았다.

거기다 모든 죄를 털어놓으면서 유독물질이 함유된 자재 낙찰에 대한 뒷거래까지 밝혀져다.

당연히 자재를 납품받던 해명디스플레이까지 본격적으로 엮이게 되었다.

사건관계자들은 모두 구속영장이 발부되어 검찰로 잡혀 들어가 조사받았다.

거기다 누군가 김송주를 암살하려 했던 정황까지 밝혀져 난리가 났다.

암살범들까지 밀항어선에서 구속되었으니 배후만 밝혀 내면 사건은 일단락될 수 있었다.

"마크 챙! 말해! 누가 김송주를 죽이라고 사주했나!"

특수부 부장검사 유태진은 검찰총장과 차준혁을 만나고

온 뒤부터 직접 취조실에 앉아 마크챙을 심문했다. 그러나 검거된 시점부터 침묵만 일관하여 답답할 뿐이었다.

"돌아버리겠군."

차준혁에게 얻은 신상정보를 보여줬음에도 그들은 입을 열지 않았다.

"……."

똑똑.

그때 같은 특수부 검사인 조해성이 취조실 문을 두드리고서 들어왔다.

"무슨 일인가?"

"너무 흥분하신 것 같아서 말입니다. 잠시 제가 맡을 테니 조금 쉬시죠."

"후… 그러도록 하지."

유태진도 지금 기분으로 힘들다고 생각했는지 의자에 걸어둔 재킷도 챙기지 않고서 밖으로 나갔다. 그렇게 문이 닫히자 조해성은 그의 맞은편 자리에 앉으며 양손을 책상 위로 올렸다.

"계속 말씀하시지 않을 겁니까? 마크 챙 씨. 당신의 신원 정보는 해외에서 입수하여 가지고 있습니다."

그런 물음과 함께 조해성은 그의 관한 서류를 앞으로 내밀며 보여줬다. 양손에 수갑이 채워진 마크는 서류를 들고서 보다가 뒷장에 겹쳐진 쪽지를 발견했다.

One Day N S D

일전에 동료들에게 전해줬던 내용과 같았다. 일정한 시각에 자살하여 모든 것을 조용히 마무리 시키라는 의미였다.

마크가 그걸 읽는 사이에 조해성은 말을 멈추지 않고 이어갔다.

"당신들의 동료인 루이스 베일리는 밀항업자인 박봉출 씨까지 죽였더군요. 어떤 방법을 써도 빠져나갈 수 없을 테니 순순히 말하는 것이 나중을 위해서도 이로울 겁니다."

"……."

마크는 여전히 침묵만 일관하며 묵비권을 행사했다.

그 모습에 조해성은 그가 보고 있던 신원서류를 돌려받으며 겹쳐져 있던 쪽지를 구겨서 주머니 속으로 집어넣었다.

그때였다. 갑자기 문이 열리더니 방금 전에 나갔던 부장검사 유태진이 얼굴을 들이밀었다.

"벌써 오셨습니까?"

주머니로 손을 넣고 있던 조해성은 깜짝 놀라며 자리에서 일어났다.

"자네… 지금 뭘 하는 건가?"

"예…? 뭘 말입니까?"

아까와 완전히 달라진 유태진의 분위기에 조해성은 영문을 몰라 고개가 갸웃거려졌다.

"방금 용의자에게 뭘 보여줬냐는 말일세."

"신원서류였습니다. 우리가 모두 알아냈으니 묵비권을 행사해봤자 소용없다고 설득하는 중이었습니다."

조해성은 나름대로 생각한 변명으로 상황을 모면하려 했다. 그러나 유태진의 엄숙한 분위기는 쉽게 풀리지 않았다.

"내가 지금 농담하는 걸로 보이나? 이보게들!"

그의 부름에 문밖에서 합동수사 중인 경찰청 수사 1팀원 안대연과 이동형이 들어왔다. 두 사람은 조해성이 도망치지 못하도록 양쪽에서 팔부터 붙잡았다.

"부장검사님! 이게 무슨 짓입니까?"

당혹스런 상황에 취조실 가운데 앉아 있던 마크는 어리둥절한 표정으로 지켜봤다. 그걸 본 유태진은 미간을 깊게 찌푸리며 말을 이었다.

"자네가 용의자에게 몰래 쪽지를 건네준 것을 건너편에서 봤네. 이래도 발뺌할 셈인가!"

"마, 말도 안 됩니다!"

들켰다고 생각한 조해성은 주머니에서 구겨진 쪽지를 꺼

250

내 삼켜볼까도 생각했다.

하지만 두 사람에게 양팔이 잡혀버린 탓에 그럴 수가 없었다.

"찾아봐주게."

안대연과 이동형은 조해성의 주머니들을 뒤져서 구겨진 쪽지를 찾아냈다. 그걸 펴보자 알아볼 수 없는 영문이 적혀 있었다.

"이건 뭔가?"

쪽지를 건네받게 된 유태진은 조해성에게 내밀며 대답을 해주길 기다렸다.

"낙서입니다! 낙서!"

"허어… 자네. 끝까지 날 실망시키는군. 다음 날 신호를 주는 시각에 자살하란 의미라는 걸 내가 모를 줄 알았나!"

그 의미는 헬하운드의 암호코드이기 때문에 조해성도 알지 못했다.

당연히 대화를 듣고 있던 마크가 더욱 놀랄 수밖에 없었다.

"내 말이 틀린가! 마크 챙! 네 녀석들이 소속된 헬하운드라는 부대에서 사용하는 암호이지!"

헬하운드의 존재는 천익과 마찬가지로 모습을 세상에 드러낸 적이 없었다. 관계자가 아니라면 누구도 모르는 것이 당연했다.

하지만 유태진은 어떻게 알고 있는 것일까.

마크로서는 지금 상황을 이해하기 어려웠다.

"당신들에 대한 조사는 옛적에 모두 마친 상태였네. 내가 노린 것은 검찰청에 숨어든 쥐새끼를 잡아낼 기회였지."

유태진은 실망이 가득한 눈으로 조해성을 쳐다봤다. 지금까지 누구보다 믿었던 유능한 후배 검사가 뒤에서 사건을 조작하고 있었기 때문이다.

"부, 부장검사님! 암호라니요! 그건 낙서라고요! 말도 안 되는 소리입니다!"

물론 쪽지만으로 조해성의 행위를 입증하기는 어려웠다.

그건 부장검사인 유태진도 잘 알고 있었다.

"내가 정말 쪽지만으로 이런 일을 벌였다고 생각하는가? 애초에 이런 상황을 알아낸 것에 대해서는 눈치채지 못했나?"

"그, 그건……."

방금 전 유태진은 모든 것을 지켜봤다고 했다. 그런데 취조실 건너편에서는 조해성의 심복이자 직속 사무관인 이문복이 지키고 있다가 위험할 때 신호를 주라고 예정되어 있었다.

"이문복 사무관이 자네와 손을 잡고서 별의별 짓을 저질

러 놨더군. 거기다 자네는 김정훈 사무관의 목숨까지 노렸지 않은가!"

"이건 누명입니다! 잘못 알고 계신 거라고요!"

"나도 그렇게 믿고 싶었네. 하지만 두 눈으로 본 것을 부정할 수는 없지 않나! 이 녀석을 다른 취조실로 옮겨놓게!"

안대연과 이동형은 버둥거리는 조해성을 밖으로 끌어냈다. 취조실에는 다시 유태진과 마크만이 남게 되었다.

"후우… 네 녀석에게는 미리 말하지 못했지만 자살할 생각은 버리는 것이 좋을 거야. 근처로 접근하는 모든 것들을 차단할 테니까."

유태진은 이전에 자살한 사람들이 있던 병원과 구치소를 샅샅이 조사했다.

물론 특수부가 아닌 검찰총장이 수뇌부를 설득해서 만들어준 합동수사본부를 통해서였다.

그 결과 누군가에게 돈을 받고서 신호를 준 행동과 쪽지를 건네준 사실이 밝혀졌다. 다만 그것만 가지고 당사자들을 처벌할 수 없기 때문에 증거로서 만들어 놓은 것이다.

"……."

"계속 묵비권을 내세우려면 그렇게 하게. 하지만 어떤 지시도 네 녀석에게 들어가지 않을 거야! 그 즉시 우리가 잡아낼 테니까."

유태진은 그 말을 끝으로 취조실을 나갔다. 그리고 순경이 아닌 형사들이 들어와 마크를 구치소로 데려가기 위해 데리고 나왔다.

전투에 능한 용병 출신이라 어떻게 도망칠지 몰라서 최대한 강경책을 마련해두었다.

"본청에서 구속영장이 떨어졌습니다."

그사이 사무관 김정훈이 어딘가 다녀오더니 봉투를 그에게 내밀었다.

"빨리도 나왔군."

"증거가 모두 나와서 가능했습니다."

"그랬겠지."

조용히 중얼거린 유태진은 봉투에서 서류를 꺼내 펼쳐보았다. 구속될 사람의 이름에는 조성우라고 세 글자가 적혀 있었다.

"정말 기분 더러워지는 일이군."

검사장 조성우에 대한 내부비리도 모두 밝혀진 것이다. 그동안 검경합동수사본부에 속한 경찰청 수사 1팀과 특별수사고문 차준혁의 도움으로 그에 관한 모든 증거를 찾아낼 수 있었다.

거짓된 입으로 외쳐대던 진실

　검경합동수사본부는 검찰청이나 경찰청이 아닌 모이라이 투자회사 소유의 건물에 만들어졌다.

　그곳에 속하게 된 검사와 경찰, 사무관들은 누구에게도 수사본부에 대해 누설해선 안 되었다.

　저벅. 저벅.

　안으로 들어선 차준혁은 수사본부 회의실로 들어섰다. 미리 도착해 있던 사람들은 그의 등장에 고개가 잠시 돌아갔다.

　"늦어서 죄송합니다."

　회의실 앞으로 서 있던 유태진은 그런 설명에 아무렇지

않은 듯이 말했다.

"아닙니다. 저희도 막 시작하던 참이었습니다. 그럼 이어서 설명하겠습니다. SW중공업 사건은 김송주 대표와 해명디스플레이 관계자들을 모두 검거하면서 마무리되었습니다. 하지만 실질적으로 그 배후에는 누구도 알지 못한 세력이 있습니다!"

유태진의 외침과 함께 회의실 정면에 마련된 커다란 스크린의 화면이 바뀌었다.

그 화면에는 김송주의 이름 위로 월드세이프펀드 문진원이라고 쓰여 있었다.

거기서 끝이 아니었다.

이름 주변으로 차준혁이 유태진에게 설명해주었던 다른 두 사건의 관계여부가 화살표로 그어져 이해하기 쉽도록 표시되었다.

"보시면 아시겠지만 이번 사건의 중요 목표 중 하나인 문진원 회장입니다. 그가 SW중공업 사건을 조용히 마무리 지으려 했고, 사건의 당사자들 암살까지 하려 했습니다."

수사본부는 문진원 회장과 검거시킨 조성우 전(前) 검사장 사이에 커넥션이 있다고 추측했다. 물론 연락을 주고받았던 정황과 증거도 찾아내어 본격적인 조사 중이었다.

자체적으로 사회에 큰 충격을 주었다. 서울지검의 수장이라 할 수 있는 검사장이 기업과 거래하여 사건에 혼란을

주었으니 말이다.

당연히 해당 지검의 검사들도 처음에는 그 상황을 쉽게 받아들이지 못했다.

"그럼 다른 목표는 누구입니까?"

설명을 듣던 검사 중 하나가 손을 들고서 물었다. 그러자 다시 화면이 바뀌면서 5명의 사진이 떠올랐다.

"일단 여기 5명은 사건의 용의자들을 죽이려 했던 암살자들입니다. 현재 3명은 자살했으며 남은 2명은 교도소에 수감되었습니다. 누군가에게 사주를 받았겠죠."

"그들의 뒤에 있는 사람이 다른 수사목표란 말입니까? 그게 누구입니까?"

삑—!

또다시 화면이 바뀌면서 유태진은 입을 열었다.

"살해될 뻔했던 사람들 중에 인천세관 DS시큐리티 소속의 항만경비대가 있었습니다. 그들은 이전에 블루세이프티라는 경비업체에서 근무했습니다. 조사한 바에 따르면 블루세이프티는 경호원파견기업인 천익의 자회사였던 것으로 추정됩니다."

지금까지 검경합동수사본부는 현재까지 벌어졌던 사건들을 면밀하게 분석하여 의문점들을 파헤칠 수 있었다. 쉬운 일은 아니었지만 사건들을 다른 시점에서 쳐다보니 어렵지 않게 알아내었다.

애초에 천익의 목표는 세간의 눈을 가리는 것이었으니 그걸 벗어나면 누구나 볼 수 있었다.

"지금 말씀하신대로라면 천익의 임설 대표도 문진원 회장처럼 이번 사건의 배후라는 말이군요."

표면적으로 천익의 대표는 임설로 되어 있었다. 검사들이나 사무관들은 당연히 그녀가 주모자 중 하나라고 생각할 수밖에 없었다.

"수사 1팀에서 조사한 바에 따르면 얼마 전에 문진원 회장은 나도명이란 사람과 접촉했다고 합니다. 참고로 나도명은 임설 대표의 남편인 김정구 씨가 거주하는 태백일대의 땅을 소유한 지주입니다."

이상한 관계가 설명되자 다들 이해가 어려운지 고개를 갸웃거렸다. 지금까지 조사사항에 없었던 나도명이란 이름이 튀어나왔으니 당연한 반응이었다.

"나도명은 아까 설명한 외국인 암살자들이 입국했을 때에 마중을 나갔던 인물입니다. 증거로 경찰청 수사 1팀이 고창수, 김정목 살인사건을 수사하면서 입수한 공항 CCTV가 있습니다."

당시 수사 1팀장의 지시로 CCTV는 국과수로 넘어갔다.

거기서 해상도를 높여 나도명과 5명의 외국인들의 얼굴이 명확하게 드러났다.

"아무런 관계도 없는 사람이 사건에 연루되었을 리가 없

겠죠. 현재 나도명의 거주지는 태백으로 되어 있습니다. 그런데 최근에 서울에서 목격되어 천익의 본사와 월드세이프펀드 본사를 들락거린 정황도 포착되었죠."

태백에서 상당한 지주라고 해도 거창한 명함은 되지 못했다.

그런 사람이 유명한 기업과 접촉한 흔적이 있다면 수상할 수밖에 없었다.

"나도명이란 인물도 중요 수사목표 중 하나라는 말씀이시군요."

"맞습니다. 거기다 천익의 임설 대표의 남편인 김정구도 마찬가지입니다."

검사들은 그 설명의 의문을 가졌다. 자신들이 알기에 김정구는 태백에서 농사만 짓는 것으로 알고 있기 때문이다.

"그 사항에 대해서는 특별수사고문을 맡고 있는 차준혁 대표께서 설명해주시죠."

조용히 설명을 듣던 차준혁은 앞으로 걸어 나갔다.

자신에게 집중된 시선들과 마주치며 준비한 말을 꺼내었다.

"본래 나도명이 소유한 토지는 김정구가 소유했던 것으로 확인되었습니다. 게다가 처음 토지의 소유자는 김정구의 부친으로 1948년부터 1962년까지 사채시장의 거물이라 불리던 백송이란 인물이었습니다. 본명은 김제성. 토지는 본래 그의 소유였죠. 아마도 무언가를 숨기기 위해 토지의 소유를 옮겨둔 것으로 추측됩니다."

기나긴 설명에 다들 멍한 표정으로 차준혁을 쳐다보고 있었다.

물론 백송은 워낙 오래전 인물이라 잘 알지 못했지만 상황만으로 이상한 부분들이 보였다.

그런 반응을 지켜보던 차준혁은 계속 말을 이어갔다.

"여러 사건들이 복잡하게 얽혀 있단 것은 여러분들도 잘 아실 겁니다. 그렇기에 앞으로 여러분들이 해주실 수사는 상당히 어려워질 겁니다."

차준혁은 검경합동수사본부를 움직여 천근초위를 단번에 박살 낼 생각이었다. 쉽지 않은 일이지만 하나씩 부쉈다가는 남은 이들이 도움을 주게 된다.

전설 속의 괴수 히드라를 죽이는 것처럼 단번에 모든 머리를 쳐내야 했다.

"지금은 모두 정황뿐인 겁니까? 그렇다면 수사 도중에 해당 기업들에게 압력이 들어오면 어떻게 합니까?"

현재 검경합동수사본부의 인원은 검사와 사무관, 수사관을 모두 합해서 30명이었다.

적지 않은 인원이 오랫동안 자리를 비운다면 기업과 연관된 정부관계자들이 압력을 행사할지 몰랐다.

"물론 그럴 수도 있겠죠. 하지만 모두 아시다시피 우리

는 조그만 사건을 수사하는 것이 아닙니다. 대한민국을 썩게 만드는 무리들을 모조리 찾아내 죗값을 치르도록 하는 것이 최종목표입니다.

차준혁의 목표는 매우 굳건했다. 눈동자도 흔들림 없이 움직이며 사람들과 하나하나 눈을 마주쳤다.

회의가 끝나고서 차준혁은 유태진과 같이 그의 사무실로 들어왔다.

"수사지원을 해주신 덕분에 사람들의 눈에 띄지 않을 수 있습니다."

유태진은 음료수를 차준혁에게 내밀며 말했다.

"당연히 도와드려야 할 일이죠. 애초에 제가 시작한 일이지 않습니까."

일전에 차준혁이 검찰총장을 직접 만나서 담판을 짓지 않았다면 지금처럼 수사하는 것도 불가능했다. 물론 검찰청 수뇌부를 설득하는 일도 어려웠지만 내부에 있는 겨레회가 움직여주었다.

미리 계획된 것이기에 무리 없이 진행할 수 있었다.

그러한 대답에 유태진은 갈등 중인 것이 있는지 조심스럽게 입을 열었다.

"일전에 확인한 천익과 월드세이프펀드의 자금흐름만 본다면 여러 기업들이 연루된 것으로 보이는데… 이게 가능할지 모르겠습니다. 자칫 대한민국의 경제도 위험한 것이 아닙니까."

유태진은 차준혁에게 조언을 받아 합동수사본부를 통해 최근에 다발적으로 부도난 기업들의 자금운용을 확인해 봤다.

천익에서 해명그룹을 통해 의뢰했던 기업들이었다.

표면적으로는 문제가 없어 보였지만 허위용도로 쓰인 상당한 자금들을 발견할 수 있었다. 게다가 자금은 매출을 빙자하여 천익으로 흘러들어갔다.

겉으로 관계가 없어 보인 회사가 거액의 자금을 주고받은 것이다.

당연히 의문은 더욱 커졌고 면밀한 조사를 통해 그런 기억이 한두 곳이 아니란 것을 알게 되었다.

"대한민국을 썩은 기둥으로 지탱할 수는 없지 않습니까. 조금 주저앉더라도 튼튼한 기둥으로 다시 세워져야죠. 그건 저희가 책임을 지겠습니다."

월드세이프펀드만 해도 수많은 기업에 투자하여 경제시장을 유지시키고 있었다.

그곳 하나만 무너져도 경제가 크게 흔들리게 된다. 누구나 그 사실을 안다면 두려워할 수밖에 없었다.

하지만 차준혁은 그걸 방지하고자 모이라이를 세운 것이기도 했다.

부족해질 부분은 그만큼 모이라이가 나서서 채울 것이다.

"가능하겠습니까?"

"그렇게 되도록 만들어 야죠. 헌데… 언론사들이 문제겠네요. 아무리 합동수사본부를 숨기고 있다고 하지만 언젠가는 알게 될 겁니다. 그들이 어떻게 반응하게 될지…….."

조사 중인 기업들의 비리들은 현재 자금운용에 관한 증거뿐이었다.

그것만으로 공개수사는 가능하지만 꼬리 자르기 식으로 들어간다면 흐름이 끊겼다.

"아까 회의 중에 말하지 못했지만 월드세이프펀드로 자금을 보낸 기업 중 대일신문도 있더군요."

"그게 정말입니까?"

미간을 찌푸리며 걱정하던 차준혁은 그의 말에 놀란 표정을 지어 보였다.

"거기서 보도한 기사들을 확인해보니 문제점이 상당했습니다. 혹시 몰라서 조사는 지시해뒀습니다."

"설마 대일신문에서 보도를 조작했다는 겁니까?"

"결과가 나와 봐야 알겠지만 그럴 가능성도 충분하다고 봅니다. 일단 알아낸 사건들 몇 가지는 언론사들의 보도로 사실이 왜곡된 것도 있었으니까요."

실질적으로 사건을 조사하여 판단하는 것은 검찰의 일이었다.

당연히 사건을 되짚어보는 것도 어렵지 않았다. 그것으로 왜곡된 사건과 그 사건을 담당했던 부패검사도 색출해 낼 수 있을 것이다.

'생각대로 되어 가는군.'

차준혁은 확신에 찬 유태진의 목소리를 들으며 속으로 미소가 지어졌다.

사실 천근초위 중 기업들은 지금처럼 수사하면 되었지만, 언론사인 대일신문은 공격하기가 어려웠다.

잘못 건드리면 언론을 통해 역공당할 수도 있었다. 그래서 합동수사본부에서 눈치챌 수 있도록 대일신문의 의문점들을 조심스럽게 흘렸다. 그 결과 유태진이 바로 캐치하여 조사하게 되었다.

"아무튼 차 대표께서 많은 도움을 주신 덕분입니다. 정말 감사…….."

유태진이 고개를 숙이려 하자 차준혁은 급히 말을 끊으며 나섰다.

"저는 대한민국의 안위를 위해서 움직일 뿐입니다. 그리고 감사인사를 하신다면 모든 사건이 해결된 뒤에 해주시죠."

이제 전쟁이 시작된 것뿐이었다. 성공한다면 다행이지

만 적인 천근초위는 절대 만만치 않았다. 수십 년간 대한민국에 뿌리를 내리고서 지금의 위치까지 올라가 있으니 말이다.

정기모임이 아님에도 천근초위의 멤버들은 모두 한 자리로 모였다. 그들의 표정은 어떤 때보다 어두웠다.

"최근 검찰에서 검경합동수사본부를 만들었다고 하던데 그 연유가 대체 뭡니까?"

예민해진 오평진이 날카롭게 물었다.

위치가 위치인 만큼 그들에게도 눈과 귀가 많았다. 여러 루트를 통해서 검찰에서 숨겨온 합동수사본부에 대한 사항이 흘러들어갈 수밖에 없었다.

그 탓에 월드세이프펀드 문진원이 조심스럽게 입을 열었다.

"결성되었다는 것만 알아냈을 뿐입니다. 수사본부의 목표나 위치, 구성원은 아직 알아내지 못했습니다."

모든 것이 극비였던 탓에 그들도 수집된 정보에서 한계를 보였다.

그로 인해 분위기가 무거워지면서 대일신문 송해국이 목소리를 이어갔다.

"수사본부 결성으로 빠진 사람들이 있을 것이 아닙니까. 그들만 조사하면 될 일을 왜 모르는 것입니까?"

"지금의 정보도 겨우 확보한 것입니다. 최근 정부기관에서 내부감사가 얼마나 철저하게 들어간 중인지 모르시는 것도 아니지 않습니까!"

문진원도 답답하기는 마찬가지였다.

방금 말한 것처럼 검찰이나 경찰 측에 심어둔 사람들이 비리사건에 연루되어 옷을 벗었기 때문이다.

물론 중간에 사람을 둬서 당장 추적당하지는 않았다.

하지만 그런 상황에서 눈에 띌 행동까지 한다면 흔적이 드러날 수도 있었다.

"대체 설마 합동수사본부에서 우리의 흔적을 찾아낸 것은 아니겠지요?"

조용히 있던 박승대가 말했다. 최근 청와대에서 국정원을 들쑤셔댔던 통에 상당히 수척해진 모습이었다.

"그것도 정보가 들어와봐야 알 수 있을 듯싶습니다. 헌데 국정원은 요즘 어떻게 돌아가는 겁니까? 정작 필요할 때는 힘도 못 쓰고 있지 않습니까?"

더욱 답답해진 문진원은 그런 박승대를 타박하며 언성을 높였다.

최근 국정원의 수습이 필요했던 일들이 죄다 실패했으니 화가 날만도 했다.

"저도 그러고 싶어서 그렇게 했겠습니까! 임기도 얼마 남지 않은 녀석이 날고 기어대니 저라고 해도 별수 없지 않겠습니까."

국정원은 어쩔 수 없이 정부소속이었다. 당연히 대통령의 권한으로 내실을 다진다며 조사하는데 당해낼 재간이 없었다.

그 탓에 박승대는 천근초위와 잠시 연결고리를 끊고서 청와대의 내부조사를 받게 되었다.

다행히 특별히 문제된 것은 없었지만 예의주시 당하고 있어서 한 동안 다른 움직임을 하기는 힘들었다.

"후우… 대권이 빨리 바뀌어야 가능할 일이죠. 게다가 우리를 노리는 놈들에 대해서는 알아낸 것도 없으니 미칠 노릇입니다."

이에 박승대는 짜증스런 목소리로 한민국당 대표인 변종원에게 물었다.

"한민국당에서 준비 중이라고 하던 김태선 후보는 잘 되어가는 겁니까?"

"현재까지는 문제없습니다. 이대로만 간다면 무리 없이 대권확정이라고 생각됩니다."

"그렇게 마음을 놓고 있기보다 확실하도록 만들어야죠. 안 그렇습니까?"

정체불명의 조직이 천근초위의 일들을 방해하고 있었

다.

거기다 정부도 은밀히 움직여주던 국정원까지 예의주시하고 있으니 박승대는 초조해졌다.

그사이 눈동자를 굴려대던 오평진이 나섰다.

"송 회장. 대일신문에서 확실히 못 박을 만한 일들을 터뜨려줄 수는 없습니까? 물론 준비는 한민국당에서 해주고 말입니다."

천근초위에게 있어서 차기대권주자의 확정은 어떤 일보다 중요했다.

그것만 이뤄진다면 누구도 자신들에게 대해서 관심조차 가질 수 없을뿐더러 대한민국까지 손 위로 떨어지게 되었다.

"너무 대놓고 나서기보다 은밀하게 선행을 베푸는 식이 좋을 겁니다."

변종권은 4선 국회의원답게 직설적인 방법보다 좋은 방법을 내놓았다. 어려운 것은 아니었지만 조급한 이들보다 냉정한 판단이었다.

"변 의원께서 생각해놓은 방법이 있단 말입니까?"

물음을 던진 오평진은 그의 대답을 기다렸다.

"너무 눈에 띌 큼직한 일보다는 자잘한 것이 좋지요. 적당한 선행으로 진행할 것이니 대일신문에서 언론들을 움직여주시면 될 듯싶습니다."

그 말을 이해한 송해국은 조용한 어투로 대답하며 고개를 끄덕였다.

"어렵지 않지요. 사람들이야 눈에 보이는 대로만 믿으니 말입니다."

"헌데… SW중공업 사건은 어떻게 된 겁니까? 그곳 김송주 대표는 문 회장의 외가 쪽 사촌이지 않습니까."

미더스물산의 오평진은 최근 언론에서 들썩이는 사건을 꺼냈다.

문진원과 김정구, 송해국. 세 사람이서 수습하던 일이라 다른 이들은 자세한 사항을 모르고 있었다. 그 때문에 문진원은 어렵게 입을 열었다.

"…사실 이렇게 모임을 소집한 진짜 이유가 바로 그것 때문입니다."

"무슨 일이라도 생긴 겁니까?"

"후우… 제가 말씀을 드리죠."

지금까지 조용히 자리를 지키고 있던 김정구가 나섰다. 결국 일을 제대로 수습하지 못한 것은 최종적으로 자신들 수하들이었으니 말이다.

"저와 문 회장이 관리하던 자금을 최근에 안전한 장소로 옮긴 일이 있었습니다. 그 과정에서 사소한 사건이 좀 벌어졌는데… 불가피한 일이 생기면서 조금 꼬이고 말았습니다."

"꼬이다니요?"

사건을 모르고 있던 이들 모두 천익과 월드세이프에서 관리중인 어마어마한 자금에 대해서는 잘 알고 있었다.

"그보다 우리에게 아무런 말도 없이 장소를 옮겼단 말입니까?"

반면에 박승대는 버럭 화를 내며 자리에서 벌떡 일어났다.

그 반응에 다른 이들도 살벌한 표정을 지으며 김정구의 대답을 기다렸다.

"최근 인천세관 인근에서 시작된 살인사건을 아실 겁니다. 그때 죽은 이들이 세관창고에 숨겨둔 자금을 발견해서 처리한 겁니다. 수습이 필요했고 나름대로 처리하려 했지만 좋지 못한 방향으로 꼬여버렸지요."

김정구는 설명과 함께 탄식을 흘리고 있었다. 그도 좋게 수습되길 바랐지만 지금처럼 일이 커져버릴지 상상조차 하지 못했기 때문이다.

그 뒤를 이어 김정구는 지금까지 벌어진 상황에 대해 상세한 설명을 해주었다.

이에 조용히 듣고 있던 오평진이 날카로운 표정으로 말을 이어 나갔다.

"복잡하게 처리하기보다 관계자들을 모조리 쓸어버렸으면 되지 않습니까."

"그게 쉬운 일인지 아십니까? 자금이 연루되어 민감해진 사건입니다. 그 탓에 원래 자리가 위험하다고 판단되어 준비 중이던 안전한 장소로 이동시킨 겁니다."

더욱 무거워진 분위기 탓일까. 문진원이 앞으로 나서서 박승대를 진정시켰다.

"박 원장께서는 적당히 하시죠. 정작 중요할 때 국정원은 아무것도 하지 못하지 않습니까."

"중요한 것은 그게 아니지 말입니다. 이 중요한 일을 왜 이제야 말하는 건지 묻는 겁니다."

어마어마한 금괴에는 천근초위가 지금까지 모아온 자금도 포함되어 있었다.

당연히 다른 이들도 그처럼 화가 났지만 꾹 참는 중이었다.

"앞으로 어떻게 할지를 이야기하도록 하지요. 우리끼리 싸워봤자 이득도 없지 않습니까."

문진원이 분위기를 수습해나가자 오평진이 그의 뒤를 이어 나갔다.

"옮긴 장소는 정말 안전한 곳이 맞습니까?"

"전부터 말씀을 드렸던 장소입니다."

"문 회장의 소유인 부지와 건물 말이군요. 그곳이라면 나쁘지 않겠지요."

대동노인요양원 건물에 대해서는 그들도 잘 알고 있었

다. 일제강점기 당시 그곳에서 벌어진 모든 일들도 말이
다.

"혹시 말입니다. 검경합동수사본부가 만들어진 이유가
그곳 때문은 아니겠지요?"

흥분을 가라앉히고 있던 박승대가 의심을 품은 표정으로
물었다. 그러자 모든 이들의 시선이 돌아가며 미간이 찌푸
려졌다.

다만 그 장소를 마련한 문진원은 절대 그럴 리가 없다고
생각하고 있었다.

"검찰에서 그곳을 어떻게 알겠습니까. 정부에서도 우리
의 존재조차 모르고 있을 겁니다."

"저희도 그렇게 생각하고 있다가 겨레회인지 뭔지 하던
녀석들이 나타나지 않았습니까. 방심은 금물이지요. 특
히 우리 일을 방해 중인 녀석들의 정체조차 모르니 말입니
다."

그사이 김정구의 미간이 더욱 깊게 파였다.

천익에서는 이번에도 헬하운드가 검거되자 국제변호사
를 써서 이런저런 이야기를 전해받았다. 접촉으로 인해 흔
적이 드러날 수 있었지만 어떤 존재들이 일을 방해한 것인
지 알아내야 하기 때문이다.

곰곰이 생각하던 김정구는 잠시 고요해진 분위기 속에서
입술을 떼었다.

"조금 무리일지 모르지만 국정원에서 검경합동수사본수에서 무엇을 수사하는지 알아봐야 할 듯싶습니다."

"아까 뭘 들은 겁니까? 쓸데없는 움직임은 피해야 할 시기입니다."

버럭 하는 박승대의 외침에 김정구의 표정은 더욱 진지해졌다. 정체불명의 조직은 천근초위에서 마무리 지으려 했던 사건들이 제대로 수사되도록 방향타를 잡고 있었다.

그렇다면 녀석들의 목적은 사건으로 무언가 드러나게 만들려는 것이나 마찬가지였다. 현재 조성우 검사장와 그의 양자로 들어갔던 조해성까지 비리로 검거된 상태였다. 다른 이들처럼 쉽게 넘길 상황이 아니었다.

"우리와 관계된 사건에서 미심쩍은 부분들이 너무 많습니다. 물론 대체적으로 마무리가 되어가고 있다고 하지만 갑자기 검경합동수사본부까지 생기지 않았습니까. 뭔가 있는 것이 분명합니다."

"너무 예민한 것이 아닙니까? 해당 사건들의 용의자들은 어차피 김정구. 당신의 충실한 심복들이 아닙니까. 그렇다면 문제는 없을 텐데요."

미더스물산 오평진도 그 문제에 대해서는 크게 생각하지 않았다. 이번 일을 겪게 된 당사자가 아니니 쉽게 여기는 것이다.

이에 송해국이 앞으로 나섰다.

"굳이 걱정이 되신다면 언론을 움직여보도록 하지요. 수사상황도 발표되지 않은 검경합동수사본부라면 다른 언론사들도 흥미를 가질 만할 겁니다."

"부탁드리지요."

김정구는 그의 제안에 고개를 숙이며 대답해줬다. 그러면서 뇌리를 깊숙이 찌르는 의문을 지우지 못하고 있었다.

수사가 진행되는 동안 차준혁은 언론사들의 동태를 확인했다.

물론 직접 움직이지는 못해서 이지후와 IIS에 부탁해놓았다.

"네 말대로 대일신문에서 조작한 사건들이 한두 개가 아니다. 이런 미친놈들!"

팍—!

이지후가 조사한 자료들을 차준혁의 책상 위로 던지듯이 내려쳤다.

"이게 전부 조작된 사건에 관한 자료라는 거야?"

앞으로 놓인 자료는 족히 50건도 넘었다.

그러나 이지후는 탄식과 함께 고개를 저으며 대답했다.

"극히 일부분이야. 일단 심각한 것만 뽑아왔어. 나머지는 올 서치 프로그램에 넣어놨지."

"예상했던 것보다 장난 아니네."

"진짜 미친놈들이야. 저 중에 어떤 사건도 있는 줄 알아? 어떤 또라이 국회의원이 술집에서 일하던 가난한 여대생을 강간하고서 전문 꽃뱀으로 몰아간 것도 있더라!"

"그 사건도 포함되어 있다고?"

약 4년 전에 집안형편이 어려워 대학생활과 함께 생계유지로 술집에서 일하던 여성에게 벌어진 일이었다.

처음에는 힘들게 산 여대생의 편이 많았다.

그런데 어느 시점부터 여대생에게 강간혐의로 금품을 갈취 받았단 피해자들이 하나둘 등장하기 시작했다.

그때부터 상황은 역전이 되었고 여대생이 국회의원을 협박한 용의자가 되었다.

"너도 알고 있지? 그때 피해자였던 여성은 목까지 매달아 자살까지 했어. 이번에 확인해보니 당시 꽃뱀사건을 처음 보도한 기사를 대일신문에서 냈더라. 다른 사건들도 마찬가지야. 언론사들은 그에 맞춰서 사건을 엉뚱한 방향으로 키우고 있었어."

심하게 흥분한 이지후는 사무실이 쩌렁쩌렁 울릴 정도로 언성을 높여댔다.

"어떤 기분인지 잘 알겠으니까. 목소리는 좀 줄여라. 일단 언론사들이 대일신문가 잡은 방향을 그대로 따라가고 있잖 거잖아."

"누가 봐도 그렇지."

차준혁은 앞에 놓인 조작사건들의 내용을 대충 훑어보면서 한 가지를 짐작할 수 있었다.

"각 언론사 수뇌부들이 썩어 있다는 의미네."

기사를 쓰는 기자라면 이러한 상황을 누구든 짐작할 수 있을 것이다.

물론 동시다발적으로 일어난 사건조작이 아니라 모아놓고 보지 않는 이상에야 알아보기 힘들지 모르지만 수뇌부가 이런 것들을 모를 리가 없었다. 당연히 알고서 조작해온 것이 분명했다.

"녀석들을 가만히 둘 생각은 아니지?"

"당연하지. 이제부터 넌 각종 언론사 수뇌부의 뒤를 캐봐. 도움이 필요하면 IIS에 요청해서라도 말이야. 천근초위와 다르게 틈이 많을 거야."

"OK! 그런데 어떻게 터트릴 생각인거야?"

언론사의 비리를 확보한다고 해도 큰 문제가 있었다. 그것은 지금까지 이용해온 언론사들이 자신들의 약점을 공격하게 놔두지 않을 것이기 때문이다.

"서로 물어뜯게 만들면 돼. 그러면 알아서 물갈이가 될 테니 말이야."

"아……!"

"그리고 말이야."

차준혁의 말을 이해한 이지후는 기쁜 마음에 주먹을 불끈 쥐었다.

그렇게 밖으로 나가려 하자 차준혁은 급히 불러 세웠다.

"새로운 계열사를 하나 세울 거야. 경원이가 준비해주고 있으니 필요한 사항이 있으면 말해 둬."

"응? 그런 일이면 경원이가 알아서 잘 할 텐데 내가 필요한 걸 말해서 뭐해?"

지금까지 계열사를 만들 때에 이지후가 도움을 준 것이라고는 회사에 필요한 각종 시스템뿐이었다.

당연히 아무런 관련도 없기에 그로서는 의아할 수밖에 없었다.

"앞으로 네가 사장을 맡게 될 계열사이니 그러는 거 아냐. 이름은 일단 MR소프트로 해놨어. 모이라이랑 따로 분리시키고 싶으면 그래도 돼."

이지후는 최근에 유명 연예인이던 지유희와의 상의하여 결혼까지 약속했다.

그러나 아직 모습을 드러낼 입장이 아니다보니 발표를 미루고 있었다.

그 사실을 알고 있던 차준혁은 지경원에 부탁하여 지금과 같은 계획을 진행하던 중이었다.

"……."

"왜 말이 없어? 설마 백날 지하에서 컴퓨터만 만지게 했을까봐? 저번에 말했잖아. 적당한 자리를 만들어주겠다고 말이야."

그에게 차를 빌리면서 했던 약속이다.

물론 차준혁은 이지후가 밝은 곳에서 살아가길 바랐다.

그러나 천근초위를 상대하기 위해 어둠 속에서 지내왔다.

이제는 슬슬 벗어날 시기가 되었다.

"짜식~!"

"대신 말아먹지 않게 경영 쪽은 전문가를 따로 둘 거야. 너는 지금까지 하던 대로 만들고 싶은 프로그램만 신경 쓰면 돼."

이지후가 모이라이의 대표를 맡았을 때에도 실질적인 경영은 지경원과 구정욱이 담당했다. 그건 천재적인 컴퓨터 실력을 가진 것과 별개의 문제였다.

스스로도 그 사실을 알기에 차준혁의 제안을 거부하지 않았다.

"고맙다! 이 자식아!"

"앞으로 잘하기나 해."

감동한 이지후는 급히 차준혁에게 다가가 어깨동무를 하며 이리저리 흔들어댔다.

공영방송사인 KBC 대표인 박봉운은 갑작스럽게 터진 인터넷 뉴스를 보며 주먹이 떨렸다.

"도대체 이 자식들은 일을 어떻게 처리하고 다시는 거야!"

그의 시선이 인터넷 검색순위를 빼곡하게 메운 소식들로 향했다.

[K방송사 예능국 관계자, 대형기획사 대표 장XX 씨와의 은밀한 회동! 형평성에 어긋한 프로그램 꽂아 넣기는 뒷거래로 이뤄지고 있었다.]

[각광받는 중인 K방송사 드라마 '차갑게 타오르는'. 제작기획사와 모종의 거래 포착! 초반 판권포기에 대한 이유가 존재했다.]

분명히 KBC를 정확하게 저격한 뉴스였다. 그 탓에 박봉운은 치를 떨면서 예능국장과 드라마국장을 자신의 사무실로 급히 호출했다.

잠시 후, 그의 사무실로 들어온 두 사람은 달려온 탓에 숨까지 헐떡거리며 부동자세를 취하고 있었다.

"인터넷뉴스 봤나?"

"……."

때 아닌 침묵은 긍정을 뜻할 수밖에 없었다.

그 의미를 알아챈 박봉운은 미간이 더욱 일그러지며 그들을 쳐다봤다.

"저런 소식들이 왜 나도는 거야! 그보다 발원지는 찾아봤냐?"

"…아, 알아보니 MBS기자가 소스를 줬다고 합니다."

"MBS? 그게 확실해?"

기자들은 저마다 각자의 정보라인을 가지고 있었다. 당연히 큰 방송사라고 해서 자잘한 인터넷 신문사들과도 정보를 주고받았다.

물론 상부상조하자는 의미였다. 그래서 이번에도 확인을 해보니 뜻밖에 사실을 듣게 된 것이다.

"듣기로는 같은 대형방송사 입장에서는 터뜨리기 곤란하다고 주었답니다. 이것도 처음에는 말하지 않기에 최대한 협박해서 알아낸 겁니다!"

당사자들은 자신이 저지른 일보다 아무도 몰랐을 일이 터졌다는 상황 자체가 더 억울한 눈치였다. 그래서 인터넷에 기사가 뜨자마자 해당 인터넷신문사들을 닦달하여 정보를 얻어냈다.

"이런 미친 새끼들을 봤나. 어디서 이딴 식으로 뒤통수를 쳐!"

대형방송사들끼리는 암묵적으로 서로에 관계된 사건보도에 있어서 협의하기로 되어 있었다.

지금과 같이 어이없는 상황에 분노하는 것이 당연했다.

"어, 어떻게 할까요?"

일단 지금 벌어진 사태에 대해 수습하는 것이 급선무였다.

그 탓에 박봉운은 잠시 고심하다가 말했다.

"어떤 놈들이 벌인 짓인지 찾아내. 그리고 정말이더라도 어떻게든 덮도록 만들어!"

사건의 진위보다 방송사의 이미지가 중요했다. 어차피 인터넷뉴스야 조금만 압박해놓고서 잠잠해질 때까지 기다리면 되었다.

하지만 다른 대형방송사까지 꼬리를 물고 들어온다면 위험하니 사전에 손 써놔야 할 필요가 있었다.

"확인해보고 수습해보도록 하겠습니다."

"그리고 보도국장 보고 당장 들어오라고 해!"

"알겠습니다."

두 사람이 나가고서 얼마 지나지 않아 보도국장 류종식이 들어왔다.

"찾으셨습니까."

"후우… 자네도 인터넷 봤으면 지금 사태가 어떤지 알고 있겠지?"

"보기는 했습니다."

그가 고개 숙이며 말하자 박봉운의 입에서는 더욱 길어진 한숨소리가 흘러나왔다.

"확인해보니 MBS녀석들이 꼼수부린 거라는데 집히는 거 없나? 정말 MBS라면 괜히 그럴 리가 없잖아."

류종식은 그 물음에 생각해보았지만 딱히 나온 것은 없었다.

그도 MBS가 이런 일을 벌였다는 것에 의아할 뿐이었다.

"잘 모르겠습니다."

"그럼 괜히 이랬단 말인가?"

스트레스로 머리를 박박 긁어대던 박봉운은 뭔가 결단을 내리고서 말을 이어갔다.

"MBS 녀석들 물 먹일 소스 없겠나?"

"그런 거라면 몇 가지 있긴 합니다만……."

언론사들은 경쟁구도로 이뤄져 언제든 서로를 칠 수 있도록 준비해왔다. 물론 암묵적인 룰 때문에 그러지 못하고 품속에다가 꼭 쥐고 있을 뿐이었다.

"큼지막한 걸로 사실여부만 확인되는 되면 몇 개만 제대로 풀어."

"보복기사를 내라는 말씀이십니까? 하지만 이번 기사가 MBS에서 한 것이라는 증거도 없지 않습니까."

류종식도 예능국장에게 호출을 전해 받으면서 MBS 관

계자가 인터넷 신문사와 접촉했단 말을 듣긴 했다. 그러나 확증된 것이 아니기 때문에 함부로 움직이면 서로 피만 볼 수가 있었다.

"어차피 인터넷으로 기사가 퍼졌으니 MBS에서도 움직이겠지. 지들은 아니라고 우기면서 말이야. 눈 뜨고서 당할 수는 없지 않나!"

언론전쟁은 선수(先手)가 중요했다. 이미 KBC는 그걸 뺏겼으니 지금보다 늦어선 안 되었다.

"하지만 호미로 가릴 걸 가래로도 못 가릴 수도 있습니다. 일단 사태부터 수습한 후에……."

"당장 시키는 대로 해!"

박봉운의 외침에 류종식은 더 이상 말을 잇지 못하고 그의 사무실을 나섰다.

며칠 후에 대형방송 3사는 엄청난 전쟁을 치르기 시작했다.

뉴스에서는 연신 서로를 공격하는 뉴스를 강조하며 물어뜯었다.

물론 서로 저지른 일에 대해서도 수습은 하고 있었다. 이미지가 나빠진 것에서 사실여부까지 드러나 버리면 검찰까지 나설 수 있기 때문이다.

"대체 이게 뭣 하는 짓들인가!"

대일신문 사주인 송해국은 그런 3사 방송대표들을 한 자리로 불러 모았다.

어련히 적당히 할까 여겼던 싸움이 끝날 기미를 모이지 않은 탓이다.

그의 격한 노성에 세 사람은 급히 고개를 숙였다.

"존경받아도 시원찮은 나이에 서로를 물고 뜯어서 얻는 이익이 뭐냔 말일세!"

송해국은 그들보다 나이도 연장자였다. 오랫동안 방송계를 주물렀던 만큼 그들을 도와주고 지금처럼 키워주었다.

거기다 충분한 약점도 잡고 있어서 지금까지 수족처럼 언론을 움직여왔다.

"시작은 MBS 정 대표였습니다."

박봉운의 투덜거림에 MBS 정일화은 급히 욱하면서 벌떡 일어나 외쳤다.

"뭐? 자네 지금 말 다했나! 자네야말로 우리 쪽으로 협박성 자료를 보냈잖아!"

"우리가 뭘 보내? 웃기는 소리 하는군!"

"그만! 그만하래도! 헌데 SBN 이 대표는 왜 싸움에 낀 건가? 설마 자네도 보복기사를 당했나?"

처음에 언론전쟁은 MBS와 KBC에서만 시작되었다. 그러다 SBN까지 합류하더니 삼파전이 된 것이다.

"KBS에서 사람을 시켜 인터넷 쪽으로 먼저 터뜨리더군요. 물론 처음에는 낄 생각도 없었습니다. 나름대로 수습을 하고서 협의해보고자 했더니… 이번에는 MBS에서 터뜨렸습니다."

"무슨 말이야? 우리는 SBN를 노린 적도 없다고!"

뭔가 이상한 예감이 네 사람을 휘감았다. 그러다 서로의 문제과정을 되짚어보기 시작했다.

당사자들이 직접 만난 것이니 시발점과 원인에 대해 알아내는 부분이 어렵지 않았다.

"대체 자네들은 누구한테 당한 건가? 누군가한테 원한이라도 산 겐가?"

"저도 모르겠습니다. 정리하고서 의논을 하려면 일이 터져대던 통에……."

"맞습니다. 저희 쪽도 그랬습니다."

감정싸움의 불씨가 커지면서 서로 연락하기가 힘들어지도록 상황이 만들어진 것이다.

송해국은 남이 붙인 싸움에 서로 죽어라 달려든 것을 보며 어이가 없었다.

그러나 지금은 빨리 수습을 하고서 방송사들을 재정비하는 것이 급선무였다.

"싸움은 여기서 끝내도록 하게! 앞으로 중요한 일들을 해야 하니 서로를 믿고 문제가 생겨도 무작정 달려들지 말게나!"

"죄송합니다. 어르신……."

그사이 송해국의 핸드폰이 울렸다.

액정에 찍힌 번호는 대일신문 본사의 것이다.

"무슨 일인가?"

─지금 신문사로 검찰조사가 들어왔습니다! 빨리 들어와보셔야 할 듯싶습니다!

"뭐, 뭣!?"

너무 갑작스런 소식에 송해국은 굽은 허리를 번쩍 들면서 일어섰다.

─수색영장까지 들고 왔습니다.

"당장 들어가도록 하지."

그때부터였다.

다른 방송사 대표들의 핸드폰도 미친 듯이 울려대더니 송해국과 같은 연락이 빗발치기 시작했다.

〈다음 권에 계속〉